瑞典国家委员会提供翻译资助

Maria Gripe's Works of Elvis Series
埃尔维斯成长系列

我的小秘密

[瑞典]玛丽娅·格里佩（Maria Gripe）◎著

高　锋◎译

中央编译出版社
Central Compilation & Translation Press

实话难说 001

说谎容易 009

上帝的惩罚 021

第三次见面 031

新的谎言 043

落入陷阱 051

忘记交钱了？063

富贵之家 075

上帝爱大家吗？091

悬崖勒马？097

与喜欢的人抢个合影 109

报应还是报复？115

风云多变 125

摊　牌 139

最后一面 149

黑色的12 159

葬礼上的琴声 171

请当心我，朋友！179

实话难说

实话难说

"你听到妈妈说什么了没有?"

"他们不是好人,埃尔维斯!"

他清楚地听到了妈妈的话,她的声音还在他的耳边回响。很多时候,在她说话之前,埃尔维斯就已经知道她要说什么了。

但是他还没来得及说那件他一直想跟妈妈说的重要的事。这是他每天早上醒来时,想做的第一件事。

"现在,就是现在我一定要说。"他想。

但他还是没能说出口,不知怎么回事,舌头在嘴里老是发怵。只要一看到妈妈,他就变得没有一丝勇气,试也没用。她是永远也不会理解的。

我的小秘密

不过，那天在雪地里，他曾经发誓要说出实情，一天也不能耽搁了。

安娜露丝的话到现在还扎得他心疼。

那天，他不敢让她用自行车送自己到家门口时，安娜露丝说："你不敢告诉你妈妈，我们在一起！"

她说得没错。他是不敢让妈妈知道他和安娜露丝在一起。不是羞于启齿，是害怕为此又要与妈妈吵架，他再也不想听妈妈重复这些话："他们不是好人，埃尔维斯！"

"妈妈知道自己在说什么！"

之后，就是他顶撞的声音："不，你不知道！"

而妈妈会很难过地说："你怎么这么不懂好歹啊？"

随后，一场混战开始了。妈妈重复着同样的话，而他也用同样的话顶回去。他知道得一清二楚，这些话他都会背了。这是一种毫无意义的争吵，双方都达不到任何目的，但谁也不肯让步，最后只能使彼此受到伤害。每次争吵过后很长时间，他都感到心痛、懊悔。

也因为这个，与妈妈之间的争吵，成了埃尔维斯最打怵的事情。

那天在雪地里，他感觉自己非常强大，非常坚定。他觉得走到妈妈面前直言相告并非难事。

"我与安娜露丝·皮特松在一起！"仅此一句，就这样简单。

实话难说

当她开始争论时,他可以置之不理,不作任何辩解,只是顶住,保持沉默!他有权决定和谁在一起,这是人之常情。妈妈也一样,她有权与斯万阿姨在一起,尽管埃尔维斯不喜欢。要是埃尔维斯也和妈妈一样,干涉她的事,那岂不是更热闹了!

妈妈有权决定与谁在一起,她不需要在意埃尔维斯想什么。的确不需要,也用不着讨论。妈妈可以与斯万在一起,只要她乐意,多长时间都行。

但是,他能不能与安娜露丝在一起,却要由妈妈来决定,尽管她并不认识安娜露丝,甚至,都没见过她。

那个斯万,埃尔维斯不但见过,还接触过。斯万经常说别人的坏话,特别是说埃尔维斯的坏话,爸爸也知道此事。

可安娜露丝从来没有说过妈妈的一句坏话,妈妈还是想当然地禁止他与安娜露丝见面,这样做公平吗?

她就会说什么安娜露丝不是"有用的"伙伴!

那么,斯万是什么人,她有什么用呢?

不行,必须马上结束这种局面!

他应该再做一次努力,最后一次努力?就明天吧!

对,他将要这样做,而且必须,一定要这样做!

如果这次再不行,他也不知道该怎么办了。到时再想别的办法吧。

第二天,天气晴朗,阳光灿烂,树枝上挂着白霜。课间

我的小秘密

休息的时候，同学们都去滑冰，人人兴高采烈。当同学们相互碰撞，在冰上摔成一团时，连海尔佳也对着他笑。她不但没有生气，反而说他是个她常见的那种"小傻瓜"。这使他感到异常惊讶，因为，过去她曾说过他们是"死敌"。

这是个好兆头，因此，一放学回家，他就做好了心理准备。

这次一定要行动，肯定能行，没有比这次更好的机会了。

刚踏上大门前的台阶，他就听到妈妈在唱歌。看起来，她今天心情不错。事情很明显，只要——

他打开大门，走进家里。妈妈还在唱歌，没有听到他进来。

他脱掉靴子，走到厨房门口，向里张望。妈妈站在那儿在熨衬衣。现在，她看见他了。

"你好，小伙子！"

"你好。"

他清清嗓子，准备说那件事。

但妈妈抢在了他前面。

"太好了，你已经回来了，斯万阿姨和我要去看电影。所以，我们得早些吃晚饭。你不想马上就跑出去吧？"

"不……"

埃尔维斯又清了一下嗓子，马上就说！

实话难说

"但是,亲爱的埃尔维斯,冰鞋怎么能放在饭桌上呢?"

"对,不能……"

"小伙子,你怎么不脱外套呀?别站在那里发呆,晚饭前没有点心。"

"妈妈……"

"你如果不着急出去,就赶快脱掉外套!把衣服好好挂到门厅里,让大家看看,你能做得很好。"

"有件事……"

"埃尔维斯,姥姥精心织的手套,你把另一只放到哪儿去了?你不会把它弄丢了吧?嗯?让我看看。"

妈妈放下熨斗,跑过来检查埃尔维斯身上。她把手伸进他的口袋,又翻又找,结果只找到一只。

"不会吧,埃尔维斯!姥姥花了那么长时间给你织的手套!你就不能仔细点儿看住自己的东西?那只手套是不是忘在学校里了?"

"没有,我刚才还……"

"噢,你弄丢了它!唉,埃尔维斯,你总是丢三落四的。"

妈妈叹着气,回到熨衣架旁。

埃尔维斯走回门厅,挂起外套。他一下变得非常疲惫。实际上,也没发生什么大事。手套的事妈妈本来可能大发雷

我的小狱笈

霆，但并没像他想象的那样，她没有特别生气。埃尔维斯被她弄得一下子泄了气。他感到头脑发晕，四肢无力。

他站在那里，长时间地站在门厅的衣架旁。他抓抓脖子，挠挠脑袋……不能放弃，他必须，必须……

"埃尔维斯，怎么啦，你在干什么？"

"没干什么。"

"那边很安静，你不会……"

"妈妈，有件事我……"

突然，妈妈在厨房里放声大笑。

"嗨，埃尔维斯，你在开什么玩笑！手套就在这里，你放在冰鞋里了，你自己却忘记了。你怎么不知道自己在干什么，变得像个头脑迟钝的老头子一样啦。"

"妈妈，我和……"

但是，妈妈在厨房里兴奋地忙碌着，她根本听不到埃尔维斯说什么。她脑子里全是别的事情，为此，又说又笑的。

"真幸运，手套还在。你姥姥织了好长时间才织好，你知道，你得爱惜点儿。"

"妈妈！我和……事情是这样……"

不行，这不行。他突然停止说话。他发现自己的声音有点儿怪，听起来有些陌生，好像不是他在说话。用这种声音没法和妈妈说他与安娜露丝在一起的事。妈妈会笑话他，被妈妈嘲笑是最可怕的事情。

实话难说

尽管天气很好,树上仍然挂着雪,大家都很高兴,可是,这一次还是什么也没有说成。当姥姥做的手套找回来后,妈妈又开始哼着小曲了。

但她突然停下:"你有什么事要说吗,小伙子?"

这时却太晚了。

"没,没什么。"埃尔维斯说。

他站在客厅窗边向外看着,背对房间。听到妈妈走到客厅门外,他也没有回头。窗外阳光明媚,但他感觉背后冰冷。真没劲儿,他今天又没说成。

"我们去看怎样做好家庭主妇的电影,"妈妈说,"五点钟开始。晚上吃面条和肉丸子,你没意见吧!"

说谎容易

说谎容易

怎么也没办法告诉妈妈实际情况。他现在该怎么办呢?

实际上,他没什么可以选择的。他只好继续瞒着妈妈,悄悄地和安娜露丝一起玩。他想,能瞒多久就瞒多久,到斯万阿姨或者别人发现,并打电话告诉妈妈时再说吧。

安娜露丝怎么想的,他不知道。她从来也没说过这件事。当然,她肯定会想,为什么埃尔维斯总也不请她到他家去,为什么总是在她家里玩。

幸亏他们还有个小房子可以去,安娜露丝的姥姥整个冬天都不在那里。

问题是,每次去安娜露丝家的小房子,埃尔维斯回家都很晚,这已经引起了妈妈的怀疑。

我的小秘密

有一段时间，妈妈以为埃尔维斯进步了，他连着几天放学后直接跑回家。但后来又不行了，身上又有了伤痕，像过去一样，没法和他说清楚。这个孩子是个沉默的高手。遇到要是他不想回答的问题，就算用撬棍也别想撬开他的嘴。他一直就是这样。

因此，当有一天他突然开始交谈时，妈妈非常吃惊，她简直不敢相信自己的耳朵。突然，他开始对她敞开心扉，向她讲述各种可能发生的事，而不需要她问。

这是怎么回事，埃尔维斯突然开窍了？

埃尔维斯自己也不明白，也有点儿奇怪，甚至有点儿害怕。因为他告诉妈妈的不是实话，他开始对她撒谎。事情早就变成了这样，现在只是加快了速度而已。

每次，埃尔维斯回来晚了，只要看到妈妈站在那里，用询问的目光看着他时，埃尔维斯不等她问，就会闪电般地编造出一个小故事。

他有时会说帮助一个老太太寻找丢失了的大门钥匙，有时说不得不帮助一个在百货公司走失了的孩子找到妈妈等。故事总是顺口而出，他从来没有想到，编造谎言竟然这样容易，这样简单。

令人奇怪的是，妈妈竟然也相信他。她过去总是疑神疑鬼的，现在，对于这些说辞，却一下子就信了。她对他讲述的故事很感兴趣，以至于忘记了本来她想问的问题。她开始

说谎容易

询问故事本身的细节,为什么老太太不找找这里、那里,这个或那个人说了什么,等等。

结果变成了妈妈帮助他圆谎,是妈妈先想到老太太以为丢了钥匙,而最后,又在自己的提包里找到它。埃尔维斯对此自然表示同意。

"对了,她的手提包又大又深,装着许多东西。"

"是啊,钥匙果然就在提包里!和妈妈想的一样。"

"我想可能会这样,"妈妈笑着说,"她可能年纪大了,有点儿糊涂了。"

"对对,她是够老的……"

"但是,还不很糊涂。"埃尔维斯不想总是附和妈妈。

尽管,这个老太太只存在于埃尔维斯的头脑里,他还是不想在妈妈面前说她的坏话。他要维护这些自创人物的形象。他们几乎是他的老朋友了,总在帮他的忙。

对了,他们帮助他对付妈妈,而她却全然不知。她自己还在努力地帮助他……欺骗她自己。她几乎编造了半个故事,并且,陶醉在他们共同编造的故事里。她笑着,感觉自己头脑灵活,根本没想到这有什么不妥。她经常根据自己对实际情况的想象,对故事发展提出意见。或者由埃尔维斯开头讲述,而由她补充完善,结果就成了他们共同编造的相当惊险的故事。几乎连埃尔维斯也忘记了这一切不过是个谎言。

事情竟然发展到如此地步。每次埃尔维斯回家晚了,妈

我的小秘密

妈似乎都期待着他的故事。她是这样热情,这使得埃尔维斯不好意思让她失望。他没想到她竟如此容易受骗,这大概源于她从来没有参加过什么冒险吧。除了逛商店、打电话,她就没有经历过什么特别的事情。

为了妈妈的缘故,他真希望这些故事是真的,因为她真正地参与其中,而且喜欢它们。当然,他良心上有些不安,因为他不仅欺骗了妈妈,而且背叛了自己。

现在,他与妈妈的关系融洽多了。自从上次发生事故之后,当时他被汽车撞了,妈妈以为他要死了,他们之间的关系有点儿紧张,有点儿不和谐。相互之间有很多事情都不敢谈。在他开始对她说谎之后,他们母子之间突然变得自然多了,事情真有些奇怪!

在安娜露丝的问题上,妈妈也不那么敏感了。她以为,他总是这么忙碌,没有时间去见安娜露丝了。在他的所有故事中,都没有安娜露丝的身影,这就更使她容易接受它们。

埃尔维斯的生活就这样继续着。

他没有告诉妈妈,他仍然与安娜露丝在一起,正是因为她的原因,他才编织了许多没有她参与的故事。

埃尔维斯对此并不喜欢。相反,他感觉这实在令人厌烦。

特别是这一天,他在学校里听到老师的讲话之后,他更加意识到事情的严重性。老师说,经常说谎的人,很快就意

说谎容易

识不到自己在说谎了,因为他的良心被谎言蒙蔽了,已经不能抵御它的邪恶。良心不管用了,这对一个人来说是最可怕的事情,这是堕落的开始。老师说:"偷一只别针往往是盗窃银碗的开始。"

他感到老师讲到这里时,眼睛正盯着他。

从外表上,她能够看出他在撒谎吗?

从镜子里,他看到自己的眼睛变得有点儿阴郁。过去他习惯直视别人的眼睛,而现在却慢慢改变了。

但是当他和别人对视时,总感到对方的眼睛里好像有块吸铁石,不管埃尔维斯怎样努力避开,他的目光最终还是落在对方的眼睛上。

令人难过的是,所有的坏人开始时都是这样天真、无辜,但很快就进退两难,不管怎么说或者怎么做了。

但他不甘心就此堕落下去。有一件事是肯定的,他必须要记住自己说过的谎话。因此,他从存钱罐里拿出一些钱,到百货公司去买了个笔记本。

那里有三种不同大小的本子,封面颜色各异。这种情况下,黑色的比较适合,但大小有点难定。最小的可能用不了多久,而最大的又太大了。

这当然取决于……

什么时候才会发生点事情,使他不需要再撒谎?

想想看,要是他永远都不暴露呢?

想想看,要是斯万阿姨永远都不打小报告?

不可能,斯万阿姨早晚会动手,想让她立地成佛根本没有可能。

最后,他买了个中等大小的本子回家了。

他要在这个本子上记下他每天向妈妈说过的谎话,包括他可能犯的其他罪业。这是件辛苦而麻烦的事,但是却不得不做。

在第一页,他用黑色的大写字母写下了"罪业录"三个字。这可是个危险的本子。他要把它藏在什么地方,别人才不会发现呢?

要是妈妈看到它,就会引发一场灾难。他可不敢放在家里。

最保险的是随身携带。但放在书包里危险性也不小。

本子不太大,他可以放在衣服下面,关键是别掉了。最后他决定用一根绳子把它挂在脖子上。本子垂在他的肚子上,这样,他就可以随时随地感觉到它的存在。

对了,不能让任何人知道他在里面写了什么,除了无时无处不在、洞察一切的上帝之外。因为他关心人们所犯的罪业,起码奶奶是这样认为的。上帝希望人们忏悔所犯罪恶,弃恶从善。埃尔维斯当然很想弃恶从善,只要他知道怎样做,但现在他还不知道。

随之而来的是一段令人不安的日子。

说谎容易

为了能够安静地写作,他不得不躲在卫生间里。妈妈对他长时间地躲在卫生间里干什么不得而知。妈妈站在外面推门时,发现门从里面反锁着。

当开门出来时,由于过于紧张忙碌,他的脸色变得潮红,头发潮湿。妈妈自然想知道他在干什么。她看着埃尔维斯并摇摇头。

这孩子又在搞什么鬼名堂!他经常在卫生间一待就是几个小时,这可真叫人头疼。他究竟在里面干些什么?他早晚会弄出点儿事来!

但另一方面,他这段时间又非常开朗,喜欢说话,挺老实的。很多时候,他回家有点儿晚,不过这个年龄的男孩子可能都这样?只要他说出去了哪里,大人不需要为他担心,倒也没什么了不起。但是,他真有点儿让人琢磨不透。

唉,总也不得安生。本来她以为埃尔维斯变好了,变可爱了。但现在,他却把自己关进了卫生间!妈妈实在没法理解。

事情确实麻烦透顶,对埃尔维斯来说也是这样。当他需要集中精力回忆自己犯下的罪业时,妈妈却在门外面敲个不停。真不容易啊,他需要记住许多事情,每天都有新的谎言。而且他还得回忆以前的,在他买来本子之前所犯下的罪业,它们加在一起可真不少。

他连睡觉都不安心了。他经常三更半夜醒来,第一件事一定是摸摸本子在不在,他通常把它放在床最里边的枕头或

我的小秘密

者床垫底下。他总是担心本子会掉在地上,被妈妈发现。或者她因为产生怀疑,趁埃尔维斯睡着时,自己寻找本子。

每天晚上当他脱衣上床时,或者每天早上当他起床穿衣时,埃尔维斯总想悄悄地自己做这些事。妈妈觉得很好笑,她觉得埃尔维斯长大点儿了,他知道当着她的面害羞了。让她随便去想吧,只要不打电话告诉阿姨们就行了。不管怎么样,只要她看不到本子就行。

这些事情可真够劳神的,埃尔维斯快有点疲劳过度了。

他非常紧张,每天都好像是在针尖上过日子。因为他知道什么事情都可能发生。每次电话铃响,他都会胆战心惊。他会想,现在,斯万阿姨打电话来了,这下可完了,他被发现与安娜露丝在一起了!

妈妈如果知道今天他回家讲的故事是假话,他的其他故事,其他日子讲的也全是谎言,她就再也不会相信他了。他会被关起来,被监视,被永远剥夺自由。他只能责备自己,而不能埋怨别人。

这些无边无际的担心,即使他现在有了罪业录也帮不上忙。他总担心遗忘了什么谎言。为了保险起见,他写下了妈妈的谎言,把它们也算在自己头上。这也没错,因为都是由他引起的。

他在罪业录上记录多少谎言也感觉不够,他总觉得还有很多很多错误没有记录下来。

说谎容易

一天,学校里的一块玻璃被打碎了。

老师问:"我们班有哪个同学知道这件事吗?有谁知道,是谁可能参与了这件事?"

埃尔维斯根本不知道是哪块玻璃碎了,更不知道是谁打碎了它。他突然感到心里不安,这个问题需要马上回答。现在,他感觉是他,而不是别人必须回答这个问题。

老师的声音非常严肃、非常郑重。

他直视着老师的眼睛并举起了手。

"埃尔维斯?"老师说,"你知道些什么?"

她的声调中充满了惊讶,埃尔维斯本来不属于做这类事情的孩子。

"对,"埃尔维斯说,"我有罪。"

回答是明确的。教室里立刻安静下来。大家都盯着他看。

"但是,亲爱的——"老师好像不相信是他,"但是,小朋友,事情是怎么发生的呢?"

"不知道。"埃尔维斯为自己说了句符合实际的话,感到轻松。

"好,你不必说了,"老师急忙说,"我明白了,我们以后再说吧。"

接着她说,埃尔维斯敢于说出实情很好,省得别人代为受过。埃尔维斯这么勇敢,大家都很幸运,因为他们还以为是别人干的呢。

我的小秘密

"下面,我得与其他老师谈谈,看看就这件事,我们还能做些什么。大家不必担心。埃尔维斯,不会有太大问题的。"

老师在尽力安慰他,可埃尔维斯的不安,来自其他方面,打碎玻璃的事他并没放在心上。但他的同学们却不这样想,课间休息时,大家都跑到他的身边。

"你真傻,这下子得花不少钱呢!"

"你的爸爸妈妈知道后,会怎么说啊?"

"你必须得赔偿玻璃,知道吗?"

"你会挨巴掌吗?"

埃尔维斯坦然回答说,他不知道。

幸亏这一天安娜露丝没来,否则可没这么简单。她是不会轻易让步的,她肯定要让他说个明白,关于整个事情的来龙去脉。而班里的其他同学听到他说"不知道"就已经很满意了。

当他回家后,对妈妈说起他打碎了一块玻璃时,对可能发生的事情,也有点儿害怕。要真是他干的,那确实是个麻烦。但现在,他很清楚不是自己干的,他只是为人受过,她吵嚷一下,也没什么。因为代人受过与招惹是非毕竟是两回事。

但在罪业录上,他该怎么写呢?那上面只能写实话。因此,在本子上他只能把它当做一个新的谎言!但是谎言与谎言之间也并不完全一样吧!说一个损己利人的谎言,就是一个好的谎言了吗?

说谎容易

　　当然，他主动承担了打碎玻璃的责任，也是为了惩罚自己，是想抢在上帝对他进行惩罚之前，做点儿好事，以减轻上帝对他的惩罚。这样，他就可以从这次撒谎中得到好处。如果真能这样，这次撒谎与以前的谎言又差别不大了。

　　这些古怪的想法在他的脑里转来转去。他觉得头都晕了。要是打碎玻璃的事真对他造成点儿危险就好了，他真希望这样。

　　但过了没几天，老师兴高采烈地宣布她与其他老师商量的结果。老师们都认为埃尔维斯能够立即承认错误，做得很好，因此，就不必追究了。埃尔维斯不用赔偿那块玻璃，也不需要告诉家长了。

　　这件事的结果出人意料得好。埃尔维斯变成了英雄，这是他万万没有想到的。他怎么做都没有用，他越想讨好上帝，命运就越和他嬉戏。他内心的不安在增长。所有的事都超出他的意料，它们时刻威胁着他。

　　内心里，他明白他能够做的唯一的事，却一直没有去做。他到现在还没有告诉妈妈他与安娜露丝在一起，尽管他曾经许诺过要这样做。他却不敢说。而为打碎玻璃承担责任比这个容易多了。现在，做什么事都太晚了。他陷入了无望的困境，他看不见出路在哪里。

　　一天天过去了，什么事也没有发生。

　　这样下去会是个什么结果？他真有些受不了了！

上帝的惩罚

上帝的惩罚

安娜露丝不愿意再和埃尔维斯在一起了。她不想与他说话,不愿意看着他,甚至也不和他打招呼。

这就是上帝对埃尔维斯的惩罚。

埃尔维斯以为事情会像往常一样:斯万阿姨看到他与安娜露丝在一起,马上跑来向妈妈嚼舌头,打小报告。但事出预料,后果更糟,是安娜露丝变心了。

他们的友谊以这种方式告终,是他从来没有想到的。其他可能性他都考虑到了,就是没有想到会有这种可能性。

除了上帝,谁也想不出这样巧妙的处罚。

一般说来,妈妈不相信上帝。但对于报应,她还是相信的。现在,他也深深体会到了。

我的小秘密

"犯罪的人，早晚会得到报应。"她经常对埃尔维斯说。

当时，她可能没想过这报应是谁给的，由谁来付诸实施。现在看来，它们都来自于上帝，从一开始就是上帝的安排。

当然，你也可以说这是因为埃尔维斯自己的错误。他自己最清楚事情的来龙去脉。为了和安娜露丝在一起，他一直在向妈妈撒谎；因此，现在由安娜露丝来惩罚他，只是她自己不知道而已。

正是如此。"罪恶报应自己"，上帝设计得多么巧妙！自己铺的床就得自己睡！妈妈经常这样说。往往在人们自以为最安全的时候，意外却发生了。当他向自己的妈妈撒谎，进而犯罪时，他就为事故埋下了种子。

他懂得这个道理。许多人都曾经帮助或教育过埃尔维斯，不仅仅是妈妈。

他知道，当他向妈妈撒谎时，他会使上帝"伤心"。现在，上帝让安娜露丝离开他，对他进行报复。

上帝知道一切！他安排并指挥着。他拿这个人来惩罚另外一个人，但又让他们对此一无所知。

上帝是怎么对付埃尔维斯的？他早就知道妈妈生下他是对她的惩罚。

"我得到你是对我以前罪业的报应，埃尔维斯！"她多次这样说。他经常想，究竟是什么罪业，但她从来没说过。

有一件事是肯定的。安娜露丝不需要知道此事，他不会

上帝的惩罚

告诉她一个字。让她知道,自己是对别人罪业的惩罚,这太残酷了。

人们经常说,上帝爱所有的人,特别是小孩子。但是他的爱真令人奇怪!可能上帝嫉妒众生,因为人们相互热爱,而不仅仅只爱上帝一个。可能是因为这个原因,他让那些相互最爱的人们,突然变成彼此的惩罚。就像安娜露丝现在对他这样。

每天他们在学校里相遇时,安娜露丝都擦肩而过,好像他根本不存在。上课时也一样,埃尔维斯望着她,而她却直视前方,好像他是空气。她再也不看他了。

他想单独与她见面,但海尔佳总是和她在一起。她们的眼睛都不看着他。

有一次,他们走得很近,他几乎可以碰到安娜露丝。当时,他觉得她看到了他。但仅仅一眨眼的功夫,她又瞪着双眼、直视前方了。她的表情也很奇怪,目光呆板,神态僵硬,好像一只被扎住喉咙的小鸟,既不能转动脖子,也无法眨动眼睛。

"你连个屁也不懂。"海尔佳气哼哼地讥讽他说。她直盯着埃尔维斯的眼睛。他不作回答。她摇摇头,让眼睛向上瞟。接下来,她又长吁短叹,让埃尔维斯知道,他是多么令人讨厌。随后,她用缓慢而严肃的语气,好像对一个不明事理、愚蠢而烦人的孩子说话。

"我已经说过了,"她叹着气说,"难道我没有说过

我的小秋签

吗?如果我们从你身旁过,既不看你,也不和你打招呼,你就不能靠近我们,因为我们不乐意和你在一起。我得和你说多少遍才行,呢?"

"安娜露丝看过我。"埃尔维斯激动地说。

"她没看你。"海尔佳用同样激烈的腔调说,她转身看着安娜露丝并问道:"你没有看他吧?"

安娜露丝站在那里,一直低头看着地。现在,她伸出一只脚用脚尖在沥青地上划着,但不回答。

"你看见了吧!"海尔佳得胜似地说。

她又站了一会儿,用难以理解却近乎好奇的眼光盯着他。

"你还是识相点儿,埃尔维斯·卡尔松!因为我知道你的某些事,某些低级的……下流的事!"她缓缓地说。此刻,她的眼睛眯成两只小爬虫,发出阴冷的光。

随后,她把胳臂放在安娜露丝脖子上,拉着她快步走了。她们小声地说着、笑着,还回头瞅着埃尔维斯幸灾乐祸地说:"安娜露丝不想和你在一起!听明白了吗?她一想起你就想呕吐!"她叫喊道。

安娜露丝没有回头。她被海尔佳拖着,在她后面走着,与平常的样子不大一样,好像她没有了自己的灵魂似的。可怜的安娜露丝。她可能并不知道自己正在干什么。她一次也没有回头看。

他停在原地,望着她们离去。事情很明显,安娜露丝不清楚正在发生的事情,实际上她也不想参与其中,但却不得

上帝的惩罚

不这样做。这全是他的错,因为他不敢告诉妈妈,他与安娜露丝在一起。

他背叛了安娜露丝,也背叛了他自己。他太没用了。

有一次,老师在学校里念过书中的一段话。书的内容他记不太清楚了,但她讲过的一句话却一直记在他心上。

"对一个人来说,最可怕的评价莫过于:如果没生下他,事情可能会更好些。"

这句话像闪电一样击中他的心脏。有人这样想过他吗?可能妈妈……

这句话,他曾经多次回味过。现在,他站在这里,看着安娜露丝离去,它又浮现在脑海里。

他已经出生了,已经没有办法了。

要是他从来不曾存在呢?

如果那样,妈妈或者安娜露丝都不会想到,他会变成现在这个样子。

那样,会不会更好些?

对妈妈来说,事情往往是这样的。只要她得到了某个东西,她就不会轻易放弃它。虽然她不那么喜欢它,但如果失去了它,她还是会难过的。她从来不舍得抛弃什么,除非是特别破烂的东西。她不能失去她拥有的任何东西。这是她的软肋!如果她从来不曾拥有过,甚至从来不知道它的存在,她就不会想念它了。

这个习惯对埃尔维斯也适用。现在,她不想失去他。那

我的小秋密

次事故,他被车撞倒后,他明白了这件事。当她得知埃尔维斯可能会死时,变得伤心欲绝。因此埃尔维斯不能死,她对他必须忍受着点儿。

要是他从来不曾出生,事情可能就不一样了。

要是她从一开始就没有埃尔维斯?

那样,对她是不是更好点儿?

她自己有过这种念头吗?

可能有过。

他也有过这种念头,并且不止一次。现在,当他站在这里看着安娜露丝离去时,这个念头又冒了出来。他在想,他是块臭狗屎,他只能埋怨自己。

一块只能埋怨自己的臭狗屎,就是这样!

但在内心深处有一个生气的小埃尔维斯,每当他陷入无地自容的困境时,它总会跑出来大喊:这是谎言,是错误的!此刻,它的喊声正在他身体深处回荡。

但现在,埃尔维斯不想听这一呼声。这可能是不好的。他在吵闹,他必须顶住,因为它很可能和"邪恶"是一帮的。

对了,他想起来了。妈妈曾经说过,老师、姥姥和奶奶也都说过。

只有爷爷不相信什么罪业与报应,还有邪恶。他认为,这些东西不值得人们费脑筋,相信这些名堂的人最终只能伤害自己或者别人,这是人们应该引以为鉴的。人们不需要过多地捉摸命运,而应该相信自己。

上帝的惩罚

在这些生活中的重大问题上，在多大程度上可以依靠爷爷也是个问题。如果相信妈妈，就根本不能依靠爷爷。

要是这样，事情就更麻烦了。因为每次他与爷爷交谈之后，他都、更加坚信自己的观点，不觉得自己愚蠢、淘气或者无能，根本不像妈妈和阿姨们说的那样。相反，他觉得自己老实、聪明并且能干。与别人相比，埃尔维斯更加信任爷爷。

这一天，当埃尔维斯认为自己是块没用的狗屎时，他立即坐车去找爷爷。

这是个星期天，奶奶去教堂了。

埃尔维斯和爷爷悠闲地在外面游逛，他们观看动物在雪地上留下的痕迹。每个星期天爷爷都不去教堂，而是到野外察看动物足迹。他清楚地知道，什么动物刚刚从这里走过，它们又奔向何方。他教给埃尔维斯识别动物的脚印，这就像读一本书一样，很好玩。

他们随意地聊着。当爷爷听说在埃尔维斯体内有个生气的小东西，它有时会跑出来时，他在雪地上停住脚步。他握紧拳头，伸直双臂，朝天欢叫。随后，他举起埃尔维斯，在他耳边小声说，肯定是个"小魔鬼"在他肚子里欢叫。

"你对它可得爱护点儿，埃尔维斯！没有它，你就不可能做得这么好。"

我的小秘密

"一个魔鬼?"埃尔维斯惊恐地问。"是不是那个'坏的我'?"

爷爷摇摇头。

"不对,埃尔维斯!这是强大的你,"他说,"实际上,它并不是什么魔鬼,听起来有点儿可怕,爷爷之所以这样说,只是为了好玩。"

埃尔维斯安静下来,爷爷有时把正经事当做玩笑说。但根本不像妈妈说的那样,因为他喝75克朗的烧酒,所以他只会胡说八道。今天,他只喝过咖啡,滴酒未沾。

"又看到这只狐狸的脚印了。"爷爷说。

他根本不相信在埃尔维斯的身体里有个"坏的我"存在,根本不可能。

他更相信人们内在的善良和强大,既存在于自己的内心,也在其他人的内心。他不相信别的那些垃圾。他说,这样,邪恶就没有任何机会可乘,最后就只能消失——

"这只可怜的狐狸在追踪一只山猫,但一无所获,"爷爷兴致极高地说。他用烟斗把指着雪地上的脚印:"你看到没有?"

"对。"埃尔维斯看见了。野猫上树跑走了。

但是爷爷不知道他说谎的事,更不知道他的罪业录。有些事情,人们只能留给自己处理。爷爷也这样认为。他不是为帮助而帮助。有时,他也会委婉地说,这事得由埃尔维斯

上帝的惩罚

自己处理。他相信埃尔维斯会处理好。知道爷爷相信他，这也是一种精神上的帮助。

在这个世界上，唯一可以阅读他的罪业录的人就是爷爷。此外，如果爷爷也有一本类似的本子，他也不会奇怪，因为，他也在记录自己的错误，自己内心的垃圾，以便将来清除它们。但作为信仰，他只相信善与美，让它们主导自己的生活。

脚印在雪地上相互交错，有大的动物，也有小的动物。他们低头前行，埃尔维斯和爷爷，想从这些痕迹中解读出动物们在雪地上做过的事情。

"这是一只黄鼠狼的脚印。"埃尔维斯兴奋地说。他很快就像爷爷一样能干了。

"没错，这也是只顽强的小魔鬼。"爷爷说。

他们呼出的水汽，在空中像烟雾一样飘荡，爷孙俩相互看着对方，哈哈大笑。

"你心里也有只欢叫的小魔鬼吗？"埃尔维斯忽然问道。

爷爷把头向后一仰，仰天大笑。"你可以以为我有，而且我可不想搞掉它！"

埃尔维斯也不想这样做。这时在他眼前出现了那个欢笑的小魔鬼，他有着小小的个子，气呼呼的圆脸蛋，乱糟糟的头发，粗短的手臂，此刻，他正在空中飞舞。

爷爷举起他来，向空中高高抛起。埃尔维斯感到他体内的小魔鬼在欢叫，为它的存在幸福地欢叫。

第三次见面

第三次见面

仔细想想,这个孩子就是有些问题!

为什么他不能与其他孩子一样?他既有雪橇,又有滑雪板,还有冰鞋!但他玩什么呢?什么也不玩!他只是在屋里走来走去、无所事事。

从窗户里向外望去,当妈妈看到一群脸上红彤彤的孩子在雪地上玩耍时,她的心立刻收紧了。要是她的埃尔维斯也和这些孩子一样,脸上红扑扑地跑回家来,又高兴又饥饿该多好啊!那时她一定会给他做点儿真正的好吃的,喂给他吃,能为他出点儿力也是件不错的事。她会拍拍他的脸,吻吻他的腮,他们可以相互拥抱。她是多么盼望有这样一天,有这么一个正常的孩子,能够带给她一点儿真正的乐趣,一

我的小秘密

点儿温存。

可是,眼前的这个孩子让人一见就倒胃口。他鼻子发白,眼睛发黑,就像一个到处行走的孤魂野鬼,他甚至不想吃饭。这孩子到底是怎么回事?

她的良心有时也有那么一点不安,那个她禁止埃尔维斯一起玩耍的小姑娘——安娜露丝。那样,情况可能会……

不一会儿,她就赶走了这个念头。这太可笑了,女孩子到处都有!而且已经过去一段时间了,他肯定已经忘掉那个安娜露丝了。

肯定另有情况!

他现在在干什么?站在蜡烛台前玩烛泪,一副无精打采的样子。她对此非常恼火,烛火一旦落在地毯上,可难擦掉了。

"小埃尔维斯!你不想出去和孩子们在雪地上玩一会儿吗?"她问道。

他背对着她,不作回答。他不再拨弄蜡烛,但还站在那里。她看着心里一阵发冷。到底怎么办?

"埃尔维斯,你不想……要是我求你?"

他慢慢地转过身来看着她。

"好的,妈妈,"他顺从地说,"我就出去。"

他注意到她在可怜他。他不想让人可怜,他受不了这个。同时,听起来她还有点儿生气。

第三次见面

这时,妈妈不知道她该怎么办了。她没想到,这次他会乖乖地听话。当他静静地穿上衣服向外走时,她又紧张起来,后悔她刚才说过的话。她挡住他。

"你不带上滑雪板?"

他摇摇头。

"你可能想拿上滑冰鞋?"

不,他什么都不想带。

"那你去外边干什么?"

他站着戴上手套,她看见是姥姥织的精美的手套。她本来想说别弄丢了,但又咽了回去,而继续以询问的口气说:

"雪橇呢?或者滑盘①?"

这时,他顺从地走进厨房,取下挂在墙上的滑盘。

"学校后面的山坡上有好多孩子在玩雪,你知道吧。"她补充说。

她不想让埃尔维斯跑得太远,而且很想知道他想上哪里去。她希望这个建议能吸引他的注意力,这样,她就不需要直接问他的目的地了。

但他没有回答。他在门口停下,看着她。谁也不知道他在想什么。现在,他就像她小时候见过的那头棕色牛犊,在草地上隔着铁丝网看着她。她在想,为什么每次他出门时,

---

① 滑盘:用硬塑料做的形似茶盘的大圈盘,儿童可以坐上滑雪、滑冰。
——译者注

我的小秋签

她总是忧心忡忡，总想留住他。

"你什么时候回来，小伙子？"

"你决定吧。"

"不用，不用，"她表示异议说，"只要你玩得开心，几点回来都行。"

她站在窗帘后面看着他走出大门，走上大街。

为什么他突然变得这么听话，她想。他怎么了？看上去他没有多少精神头儿，不像别的孩子那样。

他可能很快就回来了。

她叹了口气，拉上窗帘。

埃尔维斯不知道干什么好。他对滑雪盘没什么兴趣，他拿上它，只是因为妈妈想让他拿点儿什么，而它是可以滑动的最轻的东西。

太阳很好。这是一个可爱的冬天，一个安娜露丝和他喜欢并想要的冬天，地上有很多积雪，但不冷。虽然不是太冷，但雪依然能够保持不融化。这时，在野外小房子里玩，不用点火。

可惜的是，现在，安娜露丝和他已经分手了。

他必须在没有她的情况下独自生活。

"生活必须继续"，这是大人们常说的话。人们可能会想起它，但不一定能马上理解它。

当发生过一些事后，人们可能会豁然开朗。当人们说起

第三次见面

约翰,爸爸死去的弟弟时,奶奶说过这句话。现在,他明白了奶奶的心情。

尽管他和安娜露丝已经分手,"生活必须继续",事情就是这样。

他只能停止思念,面对现实。

他转过一个街口,又是一个街口。现在,他已经离家很远,并迷失方向了。他像来到一座陌生的城市,感觉挺紧张好玩的。他装作在寻找什么人,或者他正被人追踪。反正他独自一人,想干什么都行,完全可以由自己决定。

他时而悄悄潜行,时而快步跑开,他感觉走得越远越自由。他继续在街上东转西跑,然后走过了一个小桥,来到一条河的对面。他已经好长时间没有过桥了,不知道这是什么地方。但这没什么关系,看看到底能到哪里,他想。

现在,路灯亮了,天快黑了。但他还是不想回家。

突然,他发现一个从来没见过的大公园。他走进去,里面一个人也没有。

他感觉自己好像来到了月球上,孤零零的。他开始跑步。雪盘在他前边,碰着膝盖,每跑一步都发出"砰砰"的声响。

这个公园可真大。怎么还没看见边呀?天色灰暗。公园里的路灯之间相距很远。黑色树干与白色积雪交相辉映。他加快了速度,膝盖与雪盘相碰的声响越来越快,他听不到其他声响。

这时,他看到一个人从树林里走出来。

公园里还有一个人!他直冲着埃尔维斯走过来。现在,埃尔维斯孤身一人,又不知道自己在什么地方。他认为在离家很远的地方与陌生人相会不是件令人愉快的事情,这会让他感觉不太自然。埃尔维斯并不害怕,但还是不见面为好。他转身走到另一条路上。

不过,埃尔维斯马上改变了主意。他不想让别人以为他有意避开,他因此又转了一下,走上一条与他刚才跑过的平行路。现在,他与那个陌生人可以会面了,但他们之间还相隔一定距离。

他们都向前走着,相互越来越接近。突然,那个人停下脚步。他们几乎停留在同一水平线上。埃尔维斯放慢了脚步。膝盖慢慢地碰着雪盘,最后变得悄然无声。埃尔维斯停了下来。

天色已晚,离路灯也很远了。他们中间隔着一片雪地,维尔埃斯只能看到对方的黑色身影。

这时,那个人突然离开小路,迈步向埃尔维斯跑来。

埃尔维斯身体发硬,心脏跳到了嗓子眼儿,站在那里一动也不能动。

直到那人滑倒在地,埃尔维斯才反应过来,起步狂奔。

但是,他为什么要跑?是他以为有什么危险吗?他不知

第三次见面

道,也没时间想,他只是在迅速地逃开。

雪盘被他移到身边,现在,它碰不到膝盖了。他紧张地倾听身后,但不敢回头看。他必须知道是否有人在追踪他。

他跑呀跑,除了自己急促的喘息,什么声音也没听到。又过了一会儿,他停下脚步,回身去看。

后面没有人追他。公园里空荡荡的,寂静无声,一个人也没有。

公园里是这样冷寂,以致让人害怕,眼前的一切那么真实,让人感到难以忍受的孤独与黑暗。

这是什么公园呀!怎么没有边际?

远处的树冠就像一个倒立的骷髅标本。

滑倒的那个人不见了,他发生了什么事?上哪里去了?

或者他只是个幻觉?一个影子?

这些可怕的念头在埃尔维斯脑子里急速旋转。

他必须立刻离开这个公园,一刻也不能耽搁。

这里死气沉沉,他是怎么来到这里的?要是他也发生点儿什么,他也只是个影子,他可能在某个僻静的角落发生点儿意外,死在那里。如果真是这样,恐怕也不会有人知道。

他现在可能正游走在死亡之国,可能他已经死了。要是他将作为一个孤魂野鬼永远留在这里飘荡……他不敢再往下想了,而现在他的双腿已经十分麻木沉重。

他的心脏在狂跳,双耳在鸣叫,好像他还没死。死后,心脏应该停止跳动了吧？

突然，他滑了一跤，差点儿摔倒。他吓得灵魂出壳。雪下可能有冰，没人知道他滑倒在这里后会发生什么事情。他可能会永远消失，雪地上可能会出现一个黑洞，而他……他不由倒吸一口冷气。

他面前站着一个人！

他一下跌坐在地。

天是这么黑，几乎伸手不见五指，在黑暗中，他能听到那人的喘息声音，而他自己几乎不敢呼吸。

这时那人划着一根火柴。在慢慢照亮的火光中，埃尔维斯看到了一张面孔。火光很快熄灭了，但他认出了这张面孔，他过去见过他。他知道站在面前的是谁了。

埃尔维斯慢慢站起身子，这时另外一根火柴点亮了。这次照在他的脸上。

"你叫埃尔维斯·卡尔松。"他听到一个声音说。

火柴又熄灭了。

"你还认得我吗？"那个人继续说。

埃尔维斯在黑暗中点点头。他还有些气喘吁吁，喘息不定。

"我们做会儿伴好吗？"那个人说着，用胳臂搂住埃尔维斯肩膀，拉他前行。他比埃尔维斯长得高些，他的另一只手提着个黑塑料袋子。他呼吸粗重，走得很快。

第三次见面

埃尔维斯不再害怕。他知道身边走着的是谁。

"你在这里干什么?"那个人过了一会儿问道。

"没干什么,我迷路了。"埃尔维斯说。

"我会带你走上正路!"

他用手臂更紧地搂住埃尔维斯的肩膀,声音非常平静。现在,他们走近一个路灯,埃尔维斯想站住,相互看了下对方的眼睛。但那人领着埃尔维斯绕着路灯走个弧型,恰好避开了灯光。似乎他有意避开光亮,他到处张望,好像期待着有人从黑暗中出现似的。

他的不安传染了埃尔维斯。

但他却说:"公园里只有你和我,没有人会看见我们。"

"这个公园怎么没有边?"埃尔维斯有些疑惑。

"有的,它肯定有边有沿。"

他们又走了一会儿。随后那人停住脚步,转身对着埃尔维斯。这时,他们面对面。埃尔维斯现在已经习惯了黑暗,当他询问时,埃尔维斯能够看清他的面孔了。

"你愿意为我做点儿事吗?"

"要是我能够。"

"这事一点儿也不复杂,你只要拿着这个!"

他把手中的黑塑料袋递给埃尔维斯并指着前方说:"那边,你看到发亮的地方,就是公园的边。你朝那边一直走,然后穿过一条街,向左走过一个街区,有一辆汽车停在那里

我的小狱警

等着，一辆黄色轿车，你听明白了吗？"

埃尔维斯朝着他指的方向看。他看到了远处的亮光。当然，他在听，向左，一辆黄色汽车。

"车里坐着两个小伙子，你过去把这个袋子交给他们，说问候来自——"

"玛格纽斯·林德！"埃尔维斯抢先说，他想证明认识这人，就像他认出埃尔维斯一样。

"你从哪里听说的？"

那人的声音突然变得短促而冰冷。

"上次你说过……"埃尔维斯说，但他马上被打断。

"斯盖·贝里隆德，对，就是这样！"

"不，你说……"埃尔维斯不理解。他知道这是玛格纽斯·林德。他曾经两次见过他。一次是大雾迷漫，另外一次是大雪纷飞。两次见面都出于偶然。他们相互并不认识，但由于某种原因告知了彼此的名字。埃尔维斯曾经多次想到他。他知道自己没记错。他就是玛格纽斯·林德。

这时，那人突然对他微笑起来。

"你肯定在做梦，"他说，"就按我说的，问候来自斯盖·贝里隆德！"

他在埃尔维斯后背上轻拍了一下，对他展示出迷人的微笑。埃尔维斯垂下目光，不再争辩，但他知道自己在说什么。他一手提着塑料袋，一手拿着滑盘。

第三次见面

"再见。"他说着退后一步。

"再见,你得快点儿,让小伙子们送你回家,就说是我说的。"

他抬起手臂向埃尔维斯招手告别。他的微笑明亮而温暖。埃尔维斯双手都拿着东西,没法招手告别,只好摇摇滑盘。然后,他动身了。走出几步后,他回身去看,玛格纽斯·林德还站在原地用目光为他送行。

"快跑吧,我们可能会再见的!"

埃尔维斯开始跑。当他第二次回头看时,那人消失了,他被无边的黑暗吞没了。

埃尔维斯走出公园,没用多长时间就找到了那辆黄色汽车。他说斯盖·贝里隆德问候他们,之后被送回了家。

但他肯定,自己见到的是玛格纽斯·林德。

新的谎言

新 的 谎 言

埃尔维斯到家时都快七点了。他外出了好几个小时。妈妈脸色苍白地等着他。

她站在那里,用询问的目光看着埃尔维斯,等着他的解释,或者他的某个"故事"。但埃尔维斯根本没有注意到。他忘记妈妈已经习惯了,他每次回家晚了,总会讲点儿什么经历。可是,现在他还沉浸在自己的思绪中。

这次与玛格纽斯·林德的见面确实有点儿奇怪。这是他们的第三次邂逅。虽然事情已经过去了,但他仍然像在梦中。

回家之行也有些不真实。当他们听到斯盖·贝里隆德的问候时,那两个小伙子只是点点头,他们接过塑料袋时没有说一句话。他想知道袋子里面装着什么东西,还挺沉的。

我的小秘密

当埃尔维斯说,斯盖让他们把他送回家时,他们只是打开车门,让埃尔维斯上车,仍然一言不发。

他们显得比玛格纽斯·林德要大,但看起来他们服从林德的指挥。

埃尔维斯坐在后座上。那两个人并排坐在前面。他们都保持沉默。埃尔维斯告诉他们自己的家庭住址。开车的人迅速发动汽车,快速行驶。一路上谁也不说话。埃尔维斯让他们停在离家一个街区的地方。他不想让妈妈看到汽车又开始询问。

他们立即停车,放下他。但他们谁也不看他,也不说再见。汽车突然启动。他还没来得及眨下眼,那车就消失不见了。

"你把滑盘弄到哪里去了,埃尔维斯?"他突然听到妈妈的声音。

"滑盘?什么滑盘?"他像刚从天上掉下来似的。

"你出去时带走的滑盘?"

埃尔维斯的脸色顿时变得苍白。真是太不幸了!现在,他想起来了,他把滑盘遗忘在汽车上了。他放在车后座上,下车时却忘记拿了。他怎么做,才能向妈妈解释清楚?他不能说丢了,滑盘太大了,是不容易丢的。

"是斯盖。"他听到自己在说。

"斯盖?"

"对,是他借走了。"

新的谎言

"谁是斯盖?"

"我的伙伴。"

妈妈瞪大眼睛看着埃尔维斯。幸亏只是一个滑盘。埃尔维斯经常这样做,真拿他没办法。冰鞋或者雪橇都一样,如果他送人了,她也不会奇怪。想想上次,他把他的所有玩具全部送了人!

"什么时候你能拿回滑盘?"她问道。

"明天……"

"你肯定没有把它送人?"

"没有,他只是借用。"

"小朋友,要是那个斯盖把你的滑盘借走了,你自己用什么滑呢?"

"我借用玛格纽斯·林德的滑盘。"他直看着妈妈的眼睛说。

有人说,当一个人撒谎时不敢看着对方的眼睛,埃尔维斯想,他却从来没有像现在这样,直接看着妈妈的眼睛并说话。

"玛格纽斯?我也从来没听你说过他的名字,"妈妈说,"他又是谁?"

"另外一个伙伴。"埃尔维斯说。

妈妈用询问的目光看着他,他从来没说过自己有这么多朋友。

我的小秘密

"你认识这些男孩好久了吗?"

"对,很久了。"

"噢。"

这很好。但他为什么老在家里无所事事,而实际上,却有许多朋友可以来往。

"你为什么以前不去找他们玩?"

"他们出去旅行了,你知道。"

"这么长时间?"

"是啊,他们去美国了。"

"噢。"

"玛格纽斯先去,后来斯盖也去了。"

"他们是兄弟吗?"

"是的,他们俩长得很像。"

"他们可能是双胞胎吧?"

妈妈的情绪开始好转。现在,他是这么开放,又与她说话了,这太好了。

"对,斯盖和玛格纽斯是双胞胎,外人几乎看不出来他们有什么差别,他们简直太像了。"埃尔维斯煞有介事地说。

"那么,他们肯定是同卵双生,"妈妈说,"他们会像莓果一样,长得完全相同。"

"对,完全相同,像莓果一样。"埃尔维斯附和着说。

"他们的爸爸是干什么的?"

新的谎言

"他是……"

埃尔维斯在想,他匆忙间想不出什么合适的,能够得到妈妈赞同的职业。

"他几乎总不在家,到处走动。"

"你是说他经常旅行?"

"对对,"埃尔维斯附和着说,"他旅行,飞行。"

"噢?我本来以为他可能是搞贸易的。但如果他飞行,就可能是飞行员了,飞行员,你知道吧!"

埃尔维斯急忙点头。商务旅行听来不怎么顺耳,他决定选飞行员。

"对对,就是飞行员。"

"就是说,有可能是他把我们送到法兰群岛的?"妈妈说,她情绪高涨起来,焦虑随之烟消云散。她高兴地咯咯咯地笑着,像她每次谈论起这次旅行时那样。她经常与人谈论这次旅游,但有时也叹气。妈妈想念那次旅行,他知道。

"他长得什么模样,那个把你们送去旅游的人?"埃尔维斯问。

对了,他长什么模样……妈妈回想着,试图让他的形象马上浮现在眼前。她好像在做梦。

"他的个子高高的,金发碧眼,非常酷。"

"玛格纽斯,就是金发,斯盖也是。"

"他的腰板挺直,我记得,他英姿勃勃,形象动人。"

我的小秘密

埃尔维斯点头赞同说:"玛格纽斯和斯盖也一样。"

"他的牙齿也很漂亮。"妈妈说。

"那肯定就是他。"埃尔维斯断定,他经常飞法兰群岛。

"开DC-3形飞机?"

"对对,就是!"

"你说的是真的?这个世界真是太小了!"

妈妈来了个舞步,接着,她兴奋地在埃尔维斯脸颊上亲了一口。然后,她去给埃尔维斯煮巧克力,做三明治。埃尔维斯的脸色不再发白,胃口也好了,看起来没什么问题。想想看,他有这么好的伙伴!

"你可以把男孩子们请到家里来,埃尔维斯,你知道,斯盖和玛格纽斯是受欢迎的!"

"嗯……"

她看着埃尔维斯。他似乎不太感兴趣。他不想把男孩子们带回家来?他在为什么感到害臊吗?她不配做东吗?还是家里不够条件?

"我会做点心,你知道。他们会满意的!"她微笑着说。

"嗯。"埃尔维斯点点头。

"这还不够好?"妈妈接着问。

他考虑了一下。

"当然好,不过他们更喜欢美国的软冰激凌,你知道。"

他也不知道自己从哪里听说的。他并不想让妈妈去买美

新的谎言

国冰激凌,他自己并不喜欢这种冰激凌,他只是脱口而出。

妈妈叹了口气,但能听出来,这是满意的叹气。

"那个我们可以买回家,"妈妈说,"这不是什么难事。"

她用手亲昵地摸了一下埃尔维斯的头发,她觉得能取得埃尔维斯的信任倒也不错。

但随后,埃尔维斯又钻进卫生间,把自己锁在里边,长时间不肯出来。

她站在门外,推了一下门。

"你待在里面干什么,小埃尔维斯?"

很快她就放弃了,径直走进厨房,开始洗洗涮涮。

要是她能明白?

埃尔维斯坐在卫生间的地板上,汗流如柱、苦思冥想地记着罪业录。

自己怎么又开始了新一轮说谎?

有一阵子,他没说谎了。但只要他走出家门,就会发生一些事情,他就必须在罪业录上增添新的内容!真的需要这样吗?

以前可不是这样。在他身上究竟发生了什么事情?是他正在走向堕落?

对了,还有那个滑盘。

他要怎么做才能把它拿回来呢?

落入陷阱

几天过去了。每天他从学校回来,妈妈都站在那里询问滑盘的事。

头一天,他说斯盖想明天再还。第二天,他又说斯盖忘在家里了。第三天,妈妈直盯着他的眼睛深处。

"告诉我真实情况,埃尔维斯,你又把它送人了。你不用试探妈妈,你明白吗?这没有用!"

他们坐在厨房的桌子旁边。埃尔维斯偷偷地看着妈妈,她似乎并不是很生气。他想,她能这样想也挺好,因为他可能永远都不会重新看到那个滑盘了。此外,她会为自己猜对了什么而高兴,当然特殊情况下例外。

我的小秘密

"是的，妈妈，"埃尔维斯最后说，"斯盖得到了它。"

"这事我早就想到了！可是，你为什么不一开始就这样说！那样，我就没必要老是追问那个旧滑盘了。"

这次，妈妈一点儿也没生气。她只是告诉他，说实话对自己更有利，那样她就不用唠叨他了。他不明白吗？

"小伙子，对妈妈撒谎没有好处！"她温和地劝解说。埃尔维斯不知道他应该是哭还是应该笑。

这种感觉确实很不好，妈妈是对的。她慈眉善目地坐在那里，以为他说的是实话，但实际上，他还是在撒谎。

"小伙子，妈妈的小小伙子，"她说着，轻轻拍拍埃尔维斯的脸颊，"别这么难过，妈妈已经原谅你了。现在，我们不说它了。"

她从冰箱里给他拿了个冰激凌，开始谈论别的话题。她已经看过斯万向她推荐的一本关于儿童心理的书，对怎样与孩子接触有了些初步了解。这书确实有用，她对自己的表现也很满意。她感觉已经赢了埃尔维斯一小局。看来，埃尔维斯已经为对妈妈说谎受到了良心谴责并后悔了。只要她像现在这样，学会与他打交道的正确方式，她的孩子也会慢慢听她调教的。这书写得真好。

落入陷阱

她满意地和他说笑着。

"小乖乖,妈妈准备给你买个新的滑盘,说真的,它对你有好处,你知道吧!"

"不不,我不想要什么新的滑盘!这样就太过分了!"埃尔维斯诚惶诚恐地说。

"但是,我亲爱的孩子,妈妈说过原谅你了,小伙子,你还不乐意?滑盘又不贵,这算不得什么。"

妈妈拥抱下他。这时,电话响了。是姥姥打来的。妈妈告诉她,埃尔维斯非常可爱,对妈妈淘气后马上就后悔了,一点儿也没顽固不化。

埃尔维斯用手堵住耳朵,但妈妈故意大声地说,好让埃尔维斯听到她对姥姥怎样表扬他。当他从电话机前走过时,她甜甜一笑并小声说,姥姥也说他"好可爱"。

但他对此没什么感觉。他闪进厕所,把这一切全部写进罪业录。本子里写得密密麻麻。他是用黑色水笔写的,已经换了好几管墨水,现在,本子快写满了。

看来情况不妙,这么短的时间,良心里就装满了这么多不好的东西。而他唯一能做的事就是记下所犯罪业,使良心不至于停止工作。这项工作可真不容易。

问题是,他总感觉自己在某种形式上是受骗了,总被关在谎言的陷阱里,这是一个看不见的陷阱,逼迫他不断撒谎。只要他自己干点儿什么，马上就有一个新的陷阱等着他。他掉进去后，只有撒谎才能逃脱。他就有这样的感觉。但是，是谁设下了这些陷阱，他却一无所知，它们就在那里。

他不知道别的孩子怎么生活。他们从来不需要撒谎吗？他们是怎么战胜这些陷阱的？或者根本没有什么陷阱在等着他们？如果是那样，生活就容易多了。

但对安娜露丝来说，生活也不简单。他知道，她的日子与他差不多。在她脸上有某种东西，起初他不知道那是什么。和她熟悉后，他就明白了，这是某种悲伤。就像失去了约翰的奶奶一样。从奶奶脸上，可以看到悲伤；从安娜露丝脸上，也可以看到悲伤。

安娜露丝也失去了某个亲人——她的爸爸。但和约翰不同，他还活着，还没有死。如果她妈妈同意，她就可以和爸爸生活在一起。但奶奶再也不能和约翰在一起，他已经不在了。奶奶对此毫无办法。安娜露丝一直认为她可以做些什么。只要她知道该怎么做，爸爸就会回来。只要她能让他停止酗酒！或者让她妈妈重新喜欢他！这个愿望她不会放弃。她曾经告诉过埃尔维斯，他也理解她。

他以为，他是那个能够帮助安娜露丝，使她重新高兴起

落入陷阱

来的人。就像奶奶说的,埃尔维斯帮助了她,使失去约翰的悲痛,不再经常困扰着她。

但事情的发展不如人意。

他自己失去了安娜露丝。

所以,现在他也很悲伤。并且,这是没人可以替代的。

但是,妈妈不知道这件事,他不想让任何人知道这件事。

这可能就是为什么事情变得一团糟,到处都是错误、愚蠢甚至疯狂的原因。

要是所有事情都能正常发展,他也就不需要什么罪业录了。要是妈妈喜欢安娜露丝,安娜露丝的妈妈喜欢安娜露丝的爸爸,海尔佳喜欢埃尔维斯,埃尔维斯也喜欢海尔佳……生活就快乐多了。

但现在,事情并非如此。

人们的生活过得很不舒心。

人们必须接受这些东西?还是因为事情本来就是这个样子?

埃尔维斯打开罪业录的最后一页,开始在上面作画。他画了很久,画得很认真。他画的是一个小个子,圆圆的脑袋上毛发耸立,短短的手臂向上举起,双拳紧握,一副生气的样子,似乎正在对天怒吼。埃尔维斯对此很满意,就是应该这样生气勃勃。

我的小秘密

这是在他内心里欢跳的小魔鬼的形象。在图的下方,他写下了欢叫的魔鬼的缩写:H.J。简明有力。

一千年之后,当有人发现这个本子时,一定会极力搞清它的含义的。

第二天放学后,埃尔维斯正准备回家时,发现学校大门外有人正等着他。

这个人是玛格纽斯·林德。

"你忘记这个了。"他说着,递给他滑盘。

他从容不迫,站着与埃尔维斯说话。他问埃尔维斯在哪个班上课,说他自己在城市的另一边上学,他很快就15岁了,等等。

说了一会儿话,他们一起离开了学校。玛格纽斯·林德跟着埃尔维斯走了一段。结果,吸引来一大群孩子。他们都很好奇,在后面不远处跟着他们。埃尔维斯感到非常自豪。他注意到男孩子们对玛格纽斯很尊重,一是因为他来自别的学校,二是因为他的年龄要比他们大得多。埃尔维斯真希望安娜露丝和海尔佳这时能够看到他们。

"要是这些孩子问起我叫什么,"玛格纽斯用拇指指着后面说,"你打算怎么回答?"

埃尔维斯没有回答,他知道自己该说什么。他是玛格纽斯·林德,但出于某种难以理解的原因,他希望被称为斯盖·贝里隆德。

落入陷阱

"不知道,"他最后说。他望着远方,他不喜欢这个问题。

"但我就叫斯盖,"玛格纽斯·林德说。他吸引过来埃尔维斯的目光并对他微笑。这笑容明快而温暖,使得埃尔维斯立刻高兴起来。

但他还是严肃地摇摇头说:"不,你不叫斯盖,不过我可以这样称呼你,如果你想这样的话。"

"好好,"玛格纽斯说,"你怎么想都行,我们还是可以继续做朋友吧?"

"做朋友?"埃尔维斯心头一热。"玛格纽斯·林德想和他做朋友?这是真的吗?"此刻,玛格纽斯正甜蜜地微笑着。埃尔维斯有些不相信似地看着他。柔软的头发在他额头和耳朵旁卷了几个圈。他面孔瘦长,嘴不大,嘴唇稍薄,鼻子长而带钩,最引人注目的是他的一双眼睛,明亮而有神。埃尔维斯抬头观看他的面孔时,它们在阳光下几乎透亮,好像是阳光照透了他的眼睛并使它们发光。

"就是这样,埃尔维斯!你能够帮助我,你知道吗?"玛格纽斯·林德恳切地说。

埃尔维斯只是看着他,严肃却又幸福地看着他。他不能把视线从那双闪着火焰的眼睛上移开。他高兴得说不出话来。

玛格纽斯把手放在他的臂膀上。

我的小秘密

"你愿意吗?你愿意帮助我吗?"

埃尔维斯默默地点点头。玛格纽斯退后一步。

"太好了,埃尔维斯!我下次再给你讲怎么做,再见,现在,我们得先说再见!"

他招招手,穿过大街走了。他似乎突然有什么急事。不一会儿,他就消失了,消失在某个地方。埃尔维斯太激动了,都没有看清他朝哪儿走了。

在他的内心里,感觉十分快乐。他有了一个朋友,一个新朋友。

忽然,他心中突然一疼。安娜露丝的面孔浮现在他面前。但他立即挥手赶开它。他用拳头猛敲滑盘,使它发出"嗵"的一声响。

直到来到家门口的台阶前,他还在用拳头敲打滑盘并放声高歌:"生活必须继续。生活在继续,在前进,前进!"

这时,大门打开了,妈妈站在那里。

"小伙子……"

她手里拿着一个大包裹。

埃尔维斯安静下来。妈妈看着他。她的目光停在滑盘上。

"埃尔维斯,你不是说把它送人了吗?"

她无助地看着手里的大包裹。

"对,不过玛格纽斯说我应该自己留着,斯盖可以借用

落入陷阱

他的,所以,他今天就把它带来了……"

"原来是这样——"

妈妈失望地看着他。她刚刚出去为埃尔维斯买了个新滑盘。她把它放在沙发上。真扫兴,她本来想给他一个惊喜,结果却变成了这样。她曾经满怀期望,她是按照斯万推荐的那本儿童心理书上说的做的,现在却变成这样,接下来她该怎么做,那本书上却没有说……

看来,那本书只适用于正常的孩子。像埃尔维斯特殊的孩子,还没人写过。

她拿起滑盘,顺手把它放在门厅的一把椅子上。

"我只好把它退回去了。"她说着叹口气。

埃尔维斯感到这是他的错误,这次他真的造成了麻烦!他既然已经说过把滑盘送了人,就不该又把它拿回家来,真是愚蠢!

妈妈又叹了口气。

"这次我买了个蓝色的。"她说。

埃尔维斯的旧滑盘是棕色的。

"是浅蓝色的吗?"他问道。

"对,"妈妈说,"一种特别漂亮的颜色。"

埃尔维斯想了一下。

"我可以看看吗?"他小心翼翼地问。

"你随意吧。"妈妈仍然有些惆怅失意。他拿回来旧

我的小秋容

滑盘后，事情就不一样了。但她还是去门厅拿来了包裹，试探着递给埃尔维斯。"这样做对吗？礼物总是受欢迎的，看着小孩子打开礼物的包装，总会给人一种喜悦的感觉。"她想。

新滑盘色彩光亮，鲜艳动人。

"太好了！"埃尔维斯惊呼道。他用手抚摸着滑盘，"真光滑！"

旧滑盘着色暗淡，伤痕斑斑，并且已经有点变形了。

"你想要它吗？"妈妈问。

"当然了。"埃尔维斯说。

妈妈重新变得欢快起来。这样，她也算没白忙一场。

"你可以告诉斯盖，你从妈妈那里得到一个新滑盘，他可以留下这个旧的。"她说。

"当然可以。"埃尔维斯说。

"可以拥抱一下妈妈吗？"

当然，他走过去拥抱了一下妈妈。

"轻轻地吻一下，也可以吧！"

当然也没问题。埃尔维斯又轻轻地吻了妈妈，作为得到蓝色的新滑盘的感谢。

事后，他又把自己关进了卫生间。

妈妈走来轻轻地推了一下门。

"看来，这对双胞胎挺好玩的。"

落入陷阱

"是的,玛格纽斯和我是朋友。"

"斯盖呢?"

"对,他也是。不过,我先认识的是玛格纽斯。"

不错,这是句实话。他先认识的是玛格纽斯。

忘记交钱了？

忘记交钱了？

"快看！这里有你的一封信，埃尔维斯！"

妈妈好奇而殷切地向埃尔维斯走来，她的手里拿着一个贴着邮票、用绿色字体写着埃尔维斯姓名和地址的信封。她把信递给埃尔维斯。

"你估计是谁写的？"

她站在那里，手里拿着把黄油刀准备帮他打开信封。她是这么积极，竟然忘记告诉他脱下靴子。

"上面没有发信人，"妈妈说，"等等，我帮你打开信封。"

但是，埃尔维斯想自己打开信封。他穿着沾满白雪的靴子直接踏进了厨房。很可能是玛格纽斯的来信。他说过，以

我的小秘密

后会告诉要埃尔维斯怎么帮忙,来信可能就是讲的这件事。

妈妈站在那里手拿黄油刀,满怀期待地看着他。这封信让她看到不一定好,里面可能有些秘密,他必须自己先看看。他从妈妈手里拿过刀子。

"我可以自己打开,"他强调说,"这是给我的信!"

"当然,小伙子,我不想拿走它。只是别把它撕坏了,必须慢慢地打开它。"

她低头看着他打开信封。

"让我看看是谁写的?"他打开信封时,妈妈说。

但是,埃尔维斯没有从信封中取出信纸。他把信压在胸口上,径直走进卧室。妈妈继续看着他。

"我先看看,"他再次说,"是给我的。"

妈妈慢慢地跟进房间。突然,她大叫起来。

"唉呀,埃尔维斯!你看看,你怎么穿着鞋子就进来了!看看,你都把地板上踩成雪水湖了。进房间前应该先脱鞋,你不知道吗?啊呀,还到处乱跑,我刚刚才……看看地板被你弄成什么样子了!"

她指着地板,几乎快要哭出来了。他也看到了,地上到处是一汪汪的污水。他跑到门厅,脱下靴子。妈妈跟过来,用抹布擦来擦去。

他闪身跑进卫生间。

"你用不着上锁,"他听到妈妈在外面生气地嚷道,

忘记交钱了？

"就像怕见光似的，我不喜欢你这样。"

他没想锁门，但现在还是锁上了，因为，妈妈掺和进来了。他刚回家时，她还很高兴，但现在却火冒三丈。因为她对来信好奇，忘记提醒他进房脱鞋了，也因为她捞不着和他一起看信。但这是他的信，他想自己先看。现在，她情绪不好，就到处找他的毛病。不管信是谁写的，也不管她应不应该看。

他坐在厕所里，抽出信纸。

这封信不是来自玛格纽斯·林德，而是来自图什腾。夏天，他在爷爷家里见过他。

像往常一样，图什腾在信纸上，又画上了他的悬挂骷髅旗的海盗船。在信纸另一面写着：

"你好！你说的雪球有多大？你把它画在纸上，我就知道了。之后我会为你数数，我已经想出了一个好法子，快回信！

你的朋友　图什腾"

真有意思。今年下第一场雪时，埃尔维斯曾经写信给图什腾，问他一个雪球里有多少片雪花。他以为他不会回信的。没想到，图什腾还真想出了一个计算的办法，他真棒，都盖了帽了！

埃尔维斯打开厕所门，跑了出来。妈妈站在厨房里，在擦拭他的靴子。他请求妈妈还给他靴子。

我的小秘密

"你现在要去哪里?"

"我只想了解一件事情。"

"但是爸爸马上就回来,我们要吃饭了。"

"我也马上回来。"

埃尔维斯急得双脚直跺。妈妈还是不肯松开靴子。

"你先说说你想出去干什么!"

"我出去做个雪球,就立刻回来。"

一个雪球?为了一个雪球值得这么十万火急吗?妈妈感觉莫名其妙,但埃尔维斯瞅妈妈发愣的空儿,夺过靴子,急忙穿上跑了出去。

她看见埃尔维斯把信落在了门厅的椅子上。她要搞清楚这是封什么信,来自何人。不管怎么说,她是他的母亲,要对他负责!特别是埃尔维斯最近表现得这么神秘,经常把自己锁起来,不让人看。

他自己跑出去一会儿,做他的雪球,正好让她有时间从容不迫地看看信,这也挺好。

"你记住,爸爸马上就回来了。"当埃尔维斯关上大门时,她喊道。

她拿起信,嗨!不过是图什腾这小子。埃尔维斯在爷爷家见过他。信上也没写什么引人注目的东西。她读后摇摇头。唉,现在这些孩子玩些什么花样。就因为这个,埃尔维斯要跑出去做雪球!她平静地把信放回到椅子上。这

忘记交钱了？

没什么危险的，但也没必要让他知道她读过信。她自己轻轻地笑了。

不一会儿，埃尔维斯回来了。他遵守诺言，确实出去不长时间。妈妈走进厨房，准备做饭。但她得先收拾一下他的靴子。

埃尔维斯灵活地跑进卧室，在毛衣底下藏着一个大雪球。他找出一张纸，把它放在地上，然后把雪球放在纸上，用笔按雪球大小，在纸上描个了圈。这用了些时间，纸面上留下一些水印，不过它会很快干的。重要的是，他把雪球的大小精确地画了下来。现在，图什腾可以看到了。

他放下雪球，但他脑子里装满了怎样给图什腾回信的念头。雪球被放在爸爸床上，他却忘记了。

埃尔维斯坐在桌子旁边开始写回信：

"你好。这里画着雪球。开始时它还大些，当我画下它时，雪化了些。

不过化得不多，只一点儿。快回信！

你的朋友　埃尔维斯"

他从妈妈那里得到了邮票和信封。她还答应吃过饭后，带赛三出去时，帮他投进信箱。

不一会儿，爸爸就回来了。他坐在床边脱鞋。发现他屁股湿了，就对妈妈说，肯定是赛三跑到他床上撒尿了，水都透过被褥，滴到地板上了。

我的小狱爸

妈妈赶快用抹布擦干。但没有狗尿味,她不知道这是什么东西。

这时,埃尔维斯突然想起那个雪球。他把它放在哪里了?他在房间里四处查看,耳朵开始发热,他有种不好的感觉,可能把它放在床上了。但似乎没人这样怀疑。妈妈擦来抹去,在抹布上嗅着。

"没有,上面什么味儿也没有。"她说。

"反正都湿了。"爸爸说着换下裤子。

这时,埃尔维斯不假思索地说:"我犯了个错误。把雪球放在床上了。"

"错误!"妈妈生气地瞪着埃尔维斯,随后看着爸爸,"你看见了吧,我过得这是什么日子!他怎么会把雪球'错误'地放在床上?"

"对对,要是他事先知道,他就不会说出来了。现在,他不是已经承认错误了吗!"

"他还能怎么说?他也没别的办法为自己辩护!"

妈妈生气地掀起所有被褥,又擦又抹。她气得像想要蜇人的马蜂一样,想得到爸爸的支持。爸爸回家后可不想争吵。最后,他告诉埃尔维斯,以后做事时必须多想想,别给妈妈带来不必要的麻烦。听得出,他这样说主要是为了安抚妈妈。同样也可以看出,与埃尔维斯相比,妈妈现在更生爸爸的气。

忘记交钱了？

最近一段时间，埃尔维斯开始注意到一些他以前没想过的事。妈妈吵架时骂的人，并不一定就是她最生气的人。有时她与爸爸吵架，但实际上是在生埃尔维斯的气。有时又恰恰相反。就像现在，她对埃尔维斯发火，但实际上最生爸爸的气。

不过有些时候，她同时对他们两个生气，这时，就不清楚她怎么想了。埃尔维斯感觉她似乎另有所指。不，要想弄懂妈妈的心思可真不容易。

大多数时候，她的怒火很快就云消雾散了。这次，当爸爸说起他们星期六受到邀请要外出作客时，她就转移了注意力，开始考虑赴约这件事，忘记埃尔维斯和雪球了。

她答应帮助把他给图什腾的信投入信箱，却将它遗忘在厨房桌子上。结果，她把咖啡撒在了信封上，埃尔维斯只好重新写一个信封。

但她的情绪已经好了起来。她爱谈论玛格纽斯和斯盖这对双胞胎的事。她问的问题，埃尔维斯必须要回答。尽管他没有什么可讲的。现在，他的罪业录就快写满了。他必须再去买本新本子。

一天，埃尔维斯去百货公司，正在货架前考虑买什么型号的本子，是比较大的，还是比较小的。

突然，有人从后面拉着他转起圈儿来。他定睛一看，竟然是玛格纽斯站在那里。这是他第一次没有事先想到玛格纽

我的小秘密

斯会来。在平时,他经常会想玛格纽斯到什么地方去了。

玛格纽斯围着一条蓝围巾,在脖子上围了好几圈。但他没戴帽子。他把双手插在裤袋里看着埃尔维斯,身材显得更高大了,埃尔维斯只能抬头看着他。

玛格纽斯没有说话,他只是站着,面带微笑、饶有兴趣地看着埃尔维斯。埃尔维斯手里拿着一个笔记本,对他的笑容感到迷惑。

"我要买个本子。"埃尔维斯说。

"你用它做什么?"

"我在里面记一些事情。"

"什么样的事情?"

埃尔维斯抽搐了一下身子,他不想说他要记下自己的谎言。

"是那些你想记住的事?"

"对,就是这样。"

埃尔维斯的声音听来有些急切。玛格纽斯在想埃尔维斯想要记住些什么,像他这样大的孩子有什么需要记住的,但他没有说出来。

"是你读过的东西?"他这样说。

"不是,"埃尔维斯摇摇头,"是我自己找到的或者想出来的东西。"

"找到的?什么样的东西?"

忘记交钱了？

埃尔维斯沉默不语。他在想，玛格纽斯这双奇特的眼睛会看透他的心思吗？

"你不想说？"玛格纽斯看着他，"你也不必要说。"

玛格纽斯低头从货架上拿起一本与埃尔维斯一样的笔记本，不过，他拿的是最大的那种。

他把本子装进口袋，在埃尔维斯前面向出口走去。

"你要在本子里写些什么？"埃尔维斯高兴地跟着他蹦蹦跳跳地向外走。

"现在还不知道，"玛格纽斯说，"总会写点儿什么。"

"对，"埃尔维斯说，"总会写点儿什么。"

他们走到柜台，玛格纽斯站在前面，等着埃尔维斯交钱。前边就一个人，他们没等多长时间。玛格纽斯把手放在衣袋里，眼睛却盯着天花板，好像在思考。埃尔维斯想，他在想什么呢，可能是想要埃尔维斯帮助做的事情吧。

在大街上，他们俩面对面站了会儿。天气寒冷，玛格纽斯跺着双脚说，他不喜欢这样的天气。风吹在他前额和耳朵上柔软的头发上。他冻得直打哆嗦。

他微笑着。埃尔维斯希望他会讲讲要他帮助做些什么，但玛格纽斯只是甜甜地微笑着。

埃尔维斯在想是不是应该由他主动地问问，但又想不出，该怎么开头。他们分手了。玛格纽斯突然说声"再见"，就离开了。

埃尔维斯站在那里，双眼直愣愣地望着他的背影。他对玛格纽斯什么也没谈感到不解。他想叫住他，却又不敢。他只是站在原地一动不动。

可能玛格纽斯也感觉到了，他转过身子，又慢慢地走了回来，双手仍然插在口袋里。

"你想说什么？"

"对，你说过的要我帮忙的事，"埃尔维斯腼腆地说。他担心玛格纽斯会说他多管闲事。

玛格纽斯默默地看着他，神情严肃，但很快绽放出灿烂的笑容。

"你真的愿意帮助我？"他说。

埃尔维斯认真地点点头。

"那好，我会联系你的！"玛格纽斯说完，又回身走了。

埃尔维斯跑上自己的路。

同时，两人都转身向对方招手告别。

随后，玛格纽斯在一个街口消失了。埃尔维斯拐上了另一条街。

埃尔维斯心里充满喜悦。脑子里却有一个问题挥之不去。

忘记交钱了?

只有一件事……他摇摇脑袋,极力要回想起它。

但无论他怎样绞尽脑汁,还是想不起来这件事情。

玛格纽斯为他自己的本子交钱了吗?

还是他忘记交了?

富贵之家

富贵之家

"是找你的电话,埃尔维斯!"妈妈惊讶地递给他话筒。

唯一经常给埃尔维斯打电话的人是爷爷。但从声音和妈妈的神情都可以确定,这不是爷爷打来的电话。

埃尔维斯接过话筒。妈妈站在旁边,很明显她想听听他们的谈话。

"你好!是我——斯盖!"他听到另一端传来的话声。

"你好。请稍等一下。"

他放下话筒。他不想让妈妈听到这次谈话。但妈妈还是站在那里。他们互相看着。

我的小秘密

"我想安静地打电话。"埃尔维斯说。

"好的,有这么重要吗?不过,我不会打扰你的。"

她转身走进厨房。她受到了伤害,从她的话里可以听出来。但她没有随手关门,埃尔维斯跟在后面。

"是玛格纽斯。"他小声说。

"我听他说是斯盖!"妈妈说。

埃尔维斯觉得耳根发热。

"他们是双胞胎!"他说。

"他们的声音也一样吗?"

"对对。"埃尔维斯说着拉上了门。

"你不锁上?"妈妈说着扑哧一笑,她感觉埃尔维斯关门的举动太可笑了。

埃尔维斯迅速地走回电话机旁并拿起话筒。

"你怎么啦?"玛格纽斯在电话另一端问道。

"我只是去关上一扇门。"

"你能小心谨慎,这很好!"听到他的表扬,埃尔维斯心里安定多了。

"现在,我们可以放心说话了。"

"你可以出来一会儿吗?"玛格纽斯问道。

"我想可以,"埃尔维斯说,"不过我得先问一下。"

他让玛格纽斯等等,现在最重要的问题,是不要先斩后

富贵之家

奏,再惹火妈妈。他走进厨房。当他开门时,妈妈就站在门后,那神情就像是小偷被抓了个现行。看来她正在偷听,却没注意到他走过来。

"我可以出去一下吗?"埃尔维斯问道。妈妈有点儿不自然,因为当她偷听时,被他撞上了。她想赶快摆脱这种处境,因此立刻说他当然可以出去。她脸上还有些尴尬。

埃尔维斯急忙跑回电话机旁,告诉对方没有问题,他可以出来。匆忙中,他忘记了关门。

"太好了!"玛格纽斯说,"那么,你可以帮我做件事!"

随后,他说那辆黄色轿车到上次埃尔维斯下车的地方去接他,只要他10分钟后到那个街口,汽车就会等在那里了。

玛格纽斯放下话筒。埃尔维斯的心脏开始怦怦乱跳。玛格纽斯想让他去做什么?但愿他能胜任这事。

妈妈走到门旁。他们的视线相遇。她眼睛里像往常一样充满疑惑。

"我得走了。"埃尔维斯说。

"马上就走?"

"嗯。"

"你们在哪里见面?"

"下面的街口。"

"这个街口？"

"不，离这里不远。"

"他们来接你？"

"嗯。"

"你们想干点儿什么新鲜事？"

"我也不知道。"

"不知道？"妈妈对他的话难以置信。

"可能……"

他准备好出门时，妈妈问了最后一个问题。

"你什么时候回家呢？"

关于这个问题，她可不想听到不知道之类的回答。因此，埃尔维斯经常让她决定回家的时间。但现在，他要去见玛格纽斯·林德，他可不想冒时间太短的风险。

"对了，几个小时吧。"他给了个灵活的回答。

"几个小时？5点钟回来总可以了吧？"

现在快3点了，刚刚两个小时。

"5点半可能更好些。"埃尔维斯说。

"好吧，我们就这样说，你可不能回来太晚了。"

"只晚几分钟，问题不大吧。"埃尔维斯还想试试。

妈妈也想做出大方的样子。她想学着和孩子打交道，做个好妈妈，就像她正在读的那本儿童心理学书上所说的那

富贵之家

样。她知道有时必须控制自己,现在,她正努力这样做。

"没什么问题,但也不能晚许多分钟,是不是?"

她让他稍微待了一会儿,就放他出去了。

他走到路口,立刻看到那辆黄色轿车。汽车门已经打开,他跳了进去。汽车发动了。

"我们去哪里?"埃尔维斯问道,但没有回答。

他忘记了,这些小伙子是不说话的。就像上次一样,他们始终不与埃尔维斯说话,相互间也不说话。

埃尔维斯想看看他们的模样。上次天太黑,他没顾上看。现在很亮,但他注意到他们不喜欢被别人看。他们也注意到,他在后座上不住地移动身体,想看得清楚点。但从后视镜里,他没法看清他们的面孔。

他看见他们两个都比玛格纽斯大些。两个人都把帽子拉得很低。一个长着棕色小胡子,头发又浓又长。另一个戴着个大眼镜,镜框跑到了帽檐上边。

他们似乎对埃尔维斯不感兴趣,两个人头也不回一次,甚至停车时也不看他一眼,只是打开车门,放他下车。

"你在这里下车!"这是他们说过的唯一的话。

就这样,埃尔维斯站在一条陌生的街道上,汽车绝尘而去。街上空无一人。

他在公园产生的梦幻般的奇怪感觉又回来了。他变得惴惴不安。

我的小秘密

这时,他看到旁边的房子上面打开一扇窗户。

玛格纽斯从上面伸出头来,对着大门的方向做个手势。这是一个玻璃大门,上面安着电控锁。现在,门锁"啪"地一声开了,他就走了进去。埃尔维斯想看看门锁控制板上写着的名字,但没来得及。他听到房子里一间房门开了,一个人从楼梯上跑下来。

在第三层,埃尔维斯遇到了玛格纽斯·林德。玛格纽斯摁了电梯,他们坐到六层,他住在那里。

他们之间的气氛有点儿不自然。站在电梯里他们沉默不语,谁也不看对方。埃尔维斯感到令人奇怪的激动,面对新任务他也有点儿担心。

他们走进玛格纽斯的房间。埃尔维斯又没来得及看看房门上的名牌。房门开着,他一下子就看到了门厅。墙壁上挂满了各种枪支,步枪、手枪、左轮手枪等,看起来有点儿恐怖。

但玛格纽斯家里还是蛮气派的。这是一个妈妈所说的"富贵人家"。妈妈小的时候上过两年初中,去过几家这样的家庭。而埃尔维斯却是第一次。

他们走过悬挂着水晶吊灯的房间,地板上铺着柔软而厚实的地毯,而墙壁上悬挂着壁毯、壁画、镜子,地上放着高架烛台,就像妈妈曾经讲过的那样。

玛格纽斯一个人在家。他有自己的房间。里面也挂满了

富贵之家

武器,不过不是火器,而是刀、剑之类的东西。

"对,我就住在这里,"玛格纽斯说着,坐在一张巨大的黑色写字台旁。他指着一个单人座椅,让埃尔维斯坐下。座椅是如此之大,埃尔维斯觉得自己的身体仿佛陷进里面消失了。玛格纽斯点上一支香烟,请埃尔维斯吃放在大碗里的花生和巧克力等。

"还没到时间呢,"他说着看看表,"我们4点半前能到就可以了。"

埃尔维斯想问,他们要去哪里,但他嘴里塞满了花生和巧克力,因此不便说话。他抬头张望,看着墙上挂着的各种武器。

"对了,爸爸和我都喜欢收集武器,"玛格纽斯说,"像你看见的那样,爸爸喜爱收集枪支,而我喜欢搏击器械。"

玛格纽斯介绍说,他爸爸是个军官。

"打仗的,"他说着吐出口烟。然后,他让香烟在烟灰缸里冒烟,慢慢地自行熄灭。

"他不是飞行员?"埃尔维斯问道。

"不,他不在空军,而在陆军工作。"玛格纽斯说着,取出一支新的香烟。

真可惜,埃尔维斯在想,要是飞行员,就更适合妈妈的胃口了。当然,他也不需要告诉他这些。

我的小秘密

　　玛格纽斯一直在吸烟。但每支都只吸两口,随后让它在烟灰缸里自生自灭。难怪房间里烟雾缭绕。烟灰缸里已经有三支香烟在燃烧。在家里,这种事是不会发生的。

　　但是,玛格纽斯没有妈妈。他说,在家他想干什么就干什么。就像他听说的猫王埃尔维斯那样,埃尔维斯想。

　　"她离开了我们,"玛格纽斯轻松地说,"这是好多年前的事了。她和爸爸,只是相互厌烦了。"

　　在他看来,这不过是一件最平常不过的事。玛格纽斯就他自己,没有兄弟姐妹。爸爸抚养他。他们离婚后,玛格纽斯再也没有见过妈妈,她又结婚了。但爸爸不想再结婚。玛格纽斯不同意,爸爸就按他的意见办。

　　"他听你的?"埃尔维斯吃惊地问。他从来没听说过,还有父母按照孩子愿望做的。

　　"我能决定不少事,"玛格纽斯说着,把香烟扔进烟灰缸里。现在,里面有四支烟蒂在冒烟。

　　玛格纽斯又看了一下表。

　　"我们必须动身了,"他说,"是时候了。"

　　他向前递一下巧克力罐,让埃尔维斯尽量多拿些。他自己也一下在嘴里放了好几块。

　　埃尔维斯已经吃够了巧克力。他开始感到动手前的紧张,并问需要他干什么。但玛格纽斯说,到时候他就知道了。

富贵之家

"你只要跟着就行了,不是什么引人注目的大事。"

那算什么帮忙?埃尔维斯感到失望。他想干点儿大事,一些需要他做的重要的事。他可不希望仅仅是跟着敲边鼓。他对玛格纽斯直言相告。

这时,玛格纽斯看着他,带着诱人的微笑。

"但是,离开你就行不通,埃尔维斯!"他说,"这事当然很重要,我只是说它不困难,也不危险,这样说,就好了吧!"

埃尔维斯点点头。不危险当然好。只要玛格纽斯能用微笑给他以勇气,他准备向世界上的各种危险进行挑战。

玛格纽斯从写字台后面站起身来。他弯腰向窗外眺望了一会儿。埃尔维斯一时间觉得,他忘记了他的存在,他完全沉浸在自己的思绪里。随后,他看一下埃尔维斯,脸上迅速地流露出微笑。他走出房间,埃尔维斯跟在后面。

在门厅里,玛格纽斯拽过一件外衣,又用蓝围巾在脖子上绕了几圈。他不戴帽子,只用手指在柔软的头发上整理了一下。他的头发非常漂亮地在额头上圈着,就像刚洗过一样。

这是一个美丽的冬天,淡蓝色的天空,就像玛格纽斯明亮的眼睛一样。

埃尔维斯和他一起走在大街上,感到非常自豪。

最后,他们来到上次来过的那个公园。他们在公园小路上慢慢游荡。玛格纽斯与埃尔维斯说着不同的事情,他说

我的小秘密

得很快。埃尔维斯注意到,他很紧张,脑子里好像在想着别的事情,有些心不在焉。他不时地看看手表。埃尔维斯在他旁边默默地走着,脑子里在想,会发生什么事?但他没有问。

突然,他们听到一声尖厉的口哨声。玛格纽斯停住脚步。随后,他快步走向一个积雪覆盖的山坡。这里靠近公园的边沿。附近有一个小吃店,冬天,它关闭了。周围空无一人。

这时,又传来一声口哨,比上次的短一些,但不像上次那么尖厉。声音来自坡后,周围看不到人影。玛格纽斯伸直脖子,用口哨回答。他的口哨简短而悠扬,更像只小鸟的鸣叫,而不像是人。此刻,他表情紧张,双目发光。

这时,他迅速地转向埃尔维斯,把双手都放在他的肩上。他低头看着埃尔维斯,眼睛里的紧张神色消失不见了,取而代之的是他迷人而温暖的微笑,他让埃尔维斯在公园里等一会儿。

"不干别的,只是等待。"他温和地说。

"我就站在这里?"埃尔维斯说着,指了指脚下他站着的地方。

"也不是,你可以到处走动,但不要走得太远,让我可以很快找到就行。我离开不会很久,最多一刻钟。要是有人来问的话,不要回答任何问题。"

富贵之家

"这自然,我肯定不会的。"埃尔维斯说。

玛格纽斯对他点点头后,消失在坡后。

埃尔维斯知道,那边肯定有人在等着玛格纽斯。他想看看是什么人,但看不到一个人影。

几个孩子在不远的地方,用雪造山洞。埃尔维斯走过去看了看,但很快就回来了。他没心思干别的,只想等待。尽管他相信玛格纽斯说的,没什么危险,胃里还是有些抽搐。时间一分分过去了。可能还不到一刻钟,他就看到玛格纽斯跑回来了。

像上次一样,他手里提着一个黑色塑料袋子。他走过来,立即把袋子递给埃尔维斯。他面色紧张,一连串的话冲口而出,说话时,眼睛警惕地四处张望。他让埃尔维斯像上次一样,走同一条路,到同一个路口,黄色轿车还在那里等着。他要把袋子交给他们,随后让小伙子们送他回家。

埃尔维斯点点头,玛格纽斯从埃尔维斯提着的塑料袋里面取出一个白纸袋。

"这是给你的,麻烦你了,"玛格纽斯塞给他,并说,"再见!我改天会给你打电话,现在走吧!"

埃尔维斯起步了,顺从地向前跑。这时,他感到玛格纽斯的手按在他肩上。玛格纽斯说,用不着跑,平稳地走更好。因为也不是急事,黄色轿车会等着,直到他来。

我的小秘密

埃尔维斯平静地走在路上,玛格纽斯也走了。但当他走到大街上时,他大吃一惊,他看到玛格纽斯正与一个姑娘缓缓地从对面走来。看起来,他们似乎已经这样走了好久了,而他和玛格纽斯才刚刚分开几分钟。

玛格纽斯目不斜视,只是看着身旁的姑娘。他和姑娘紧挨着,一面说话,一面做手势,根本不看埃尔维斯。那姑娘抬头看着他脸上的灿烂微笑。

埃尔维斯提着袋子迅速斜穿过大街。突然,他内心里感到一阵惆怅,感到他被莫名其妙地抛弃了。玛格纽斯肯定看见他了!他起码应该给埃尔维斯会意的一瞥!可是,刚才他好像根本没看到他。

他说埃尔维斯是重要的,但埃尔维斯,却一点儿也感觉不到。提着个塑料袋走一两个街区,然后被送回家,这算什么帮忙?

他因为这点儿"麻烦",还得到了一个白纸袋,这里面装着些什么?埃尔维斯停住脚步打开一看,竟是一大堆糖果!巧克力、点心和棒棒糖,应有尽有。他把一条巧克力放进嘴里。

但是,玛格纽斯·林德的一个友好的眼神都比这一口袋糖果更有价值。

汽车停在原来的地方,等着他。

十分钟后,埃尔维斯到家了。

富贵之家

"你这么快就回来了,才刚四点半!你们吵架了,还是没意思?"

妈妈问来问去,他该怎么回答。当他试图回答时,嗓子里好像堵着什么。

埃尔维斯把纸袋放在厨房的桌子上。妈妈看到了。

"是他给我的,"他说,"一些糖果。"

"是斯盖给的?"

"对。"

"玛格纽斯也在吗?"

埃尔维斯回答前先想了一下。

"开始玛格纽斯也在,"他接着说,"后来他走了。结束时,只剩下斯盖和我。"

妈妈翻来覆去地看着纸袋,后来把糖果全部倒在桌子上。

"啊呀,这么多!他们是为你买的?"

她变得兴奋而激动。

她开始询问他们去过哪里和斯盖家里的情况等。这些问题,埃尔维斯很容易就回答了。

"我去了他们家里。"他说。

这时,妈妈想知道所有的情况。埃尔维斯仔细地介绍这个他刚去过的富贵人家。妈妈询问地毯和水晶吊灯。他尽力描述了一番。妈妈的眼睛开始发亮。

我的小秋聚

"你说,他们甚至在墙上也挂着真的地毯?"

"对,房间里有好多镜子,带着金框,和那些,叫什么来着?那些插着蜡烛的东西?"

"高脚烛台。"

"对,高脚烛台。整个大厅挂满了步枪、手枪和奇怪的刀剑……"

接着,他介绍了玛格纽斯的大写字台和单人座椅,座椅大得就像小沙发一样。

"他还有个打字机,大型的,有这么大!"

埃尔维斯用手臂比划着,描述打字机的大小。妈妈的眼睛闪闪发光。

"你见到他们的妈妈了?"

"没有,"埃尔维斯说,"他妈妈很以久前就离家出走了,和另外的人结婚了。"

"那么,他们的爸爸呢?"

"没有,他没有再婚。"

"你见到他了?"

埃尔维斯摇摇头,急忙接着介绍窗帘之类,他知道妈妈对这些东西感兴趣。他不想过多地讲他们爸爸的情况,不忍心讲出他只是个陆军军官,而不是飞行员,不是那个把妈妈送去法兰群岛的人。

富贵之家

幸亏妈妈也没再问他的情况。她对埃尔维斯讲述的情况非常满意。

"对了,这家人很有钱,我知道了。你刚才去的是个富贵人家,小伙子,你知道吗?"她叹口气,并用梦幻般的眼神看着埃尔维斯。

上帝爱大家吗？

上帝爱大家吗？

"幸福来了，幸福走了……热爱上帝的人，幸福会久留。"奶奶在埃尔维斯睡觉前和他一起做晚祈祷。

奶奶每次进城时，都来和埃尔维斯一起做晚祷告。她知道，她不来是没人去做的。对她来说，晚祷告是很重要的。因此，她认为对埃尔维斯也应该是这样。

埃尔维斯自己不知道，祷告对他是否重要。爸爸妈妈都不关心此事。他自己也不会单独去念。他对奶奶说过，他觉得这么做很可笑。

上帝可能会关心奶奶说什么。奶奶年纪都这么大了，又长期对他忠心耿耿。当奶奶在时，上帝可能会看在她的面子上，听听埃尔维斯说些什么。但是，如果奶奶不在，上帝还会关心埃尔维斯念什么，就太幼稚了。

"但是，上帝特别喜欢孩子。"奶奶虔诚地说。

这事埃尔维斯却没有注意到。要是这样，上帝应该让妈妈同意，埃尔维斯和安娜露丝在一起。因为，这是奶奶不在时，他乞求上帝做的唯一一件事，而上帝根本不予理睬。

相反，上帝恰恰用安娜露丝来惩罚他，因为，他撒了谎。但是，他没有别的办法，必须撒谎那又是谁的错？

他不知道，他怎样才能与安娜露丝和好如初。他想见到她有什么错吗？他真不明白。那个有权决定人的生死苦乐的上帝应该很清楚他的处境吧！为什么要逼迫孩子们对父母撒谎？让妈妈们禁止孩子们的愿望，不就造成这样的悲剧了吗？

可能，上帝从来就不喜欢埃尔维斯。就像不喜欢他的妈妈一样，在埃尔维斯问题上，他可能失败了。一个被作为对他妈妈的惩罚生下来的孩子，上帝是不会关心其死活的。

因此，对上帝热爱所有人，特别是每个孩子，他一直有自己的看法。但他没告诉奶奶，他怕这样会使她难过。她以为，她和爷爷喜欢埃尔维斯，上帝和大家一定也喜欢他。

其实，事实并非如此。

幸福来了，幸福走了——

对，就是这样。当时，他与安娜露丝一起多快乐！后来

上帝爱大家吗?

幸福走了,就像一阵风吹过,一下子什么都没有了!

热爱上帝的人,幸福会久留——

谁敢说上帝热爱所有的人?如果真是那样,就人人幸福了。事实却不是这样!

奶奶默默地虔诚地祈祷着,就像自言自语。突然,埃尔维斯产生了一个念头。它的真实含义是……

热爱上帝的人,幸福会久留。他认真倾听这些词句,好像是第一次听到。

是不是说上帝爱的人才会得到幸福?

或者是相反。

热爱上帝的人,真会得到幸福吗?

对了,究竟谁热爱谁?

"你可以问,小伙子。"奶奶微笑着说。她必须仔细考虑,这可不是容易回答的问题。

可能是双向的,热爱上帝的人,自然会得到上帝的爱。这就是相信上帝的好处,奶奶说,人们总能使自己的爱得到上帝的回报,但一般人,就不行了。

不行,埃尔维斯想到了这一点。

他知道得很清楚,但他不想说。

"有一件事是明白无误的,"奶奶思忖着说,"一个付出许多爱,但没有得到多少回报的人,比一个得到许多爱,却不能给别人回报的人,要幸福得多。"

我的小狄盗

她相信这一点，但不是所有人都相信它。

"还是双方互爱最好！"埃尔维斯坚定地说。

"对，这毫无疑问。"奶奶说。

他们随后默默地坐着，各自想着自己的心事。

埃尔维斯在想，奶奶说热爱上帝的人总能得到幸福的回报，这事能够肯定吗？

另外，人们怎么会一下子爱上上帝呢？

这种事，人们并不容易作出决定。

一个从来不公开出现的人物，除了圣经和圣经手册上讲的之外，谁也没有办法真正了解上帝。

"这些故事是人们编造的，"奶奶也说，"并非直接来自上帝……"

因此，人们更没法确定这就是真理。

相信上帝是个信仰，就像奶奶做的这样。

不管怎么说，生活本身已经很不可思议。因为这个原因，人们就毫不犹豫地去热爱上帝？事情并不那么简单，即使人们有时会这样做。

在这个世界上，人们过得非常不容易。毫无疑问，与上帝处好关系，对人们有着实际意义，只要他们能够爱上上帝。

看来，人们对上帝可得谨慎点儿，必须时刻想着他，当心着他点儿。

上帝爱大家吗？

"你在想什么，埃尔维斯？"奶奶慢慢地说。

埃尔维斯叹了口气。

"我不知道，"他说，"我什么也不想，什么也不信……"

悬崖勒马?

悬崖勒马?

图什腾,给埃尔维斯寄来一封信。

这是一封非常有意思的信。在信中,他写道:

"你好。现在,我得问问你说的雪花是什么意思,是像米粒大小,或者像燕麦片一样,还是与花絮相近。我必须知道,你可以画一片,尽快寄来。

你的朋友　图什腾"

图什腾说得对极了。这很明显,如果他不知道一片雪花多大,他怎么能够算出,一个雪球里有多少雪片?

埃尔维斯应该想到这个问题。这是个很重要的问题。他必须立即回答。他找出纸张和铅笔,在想他应该怎样回答。现在天不下雪,他没法直接面对大自然进行复制。但他心里还是知道雪花的大小,他过去曾经画过许多次。

不对,雪花不像米粒,也不像燕麦片,更不像棉絮,那就太大了。它们应该是不大不小的雪花,在不刮风、不太冷也不太暖和的时候降下的雪花。

它的样子应该与星星相似,也就是星状雪花。

埃尔维斯现在正在这样描写他所说的雪花。他站在卧室窗前,信纸就放在窗台上。他背对着房间。妈妈知道他在写信,但这次一点儿也不好奇。不管是图什腾的来信,还是给图什腾的回信,她都一点儿也不感兴趣。

"这个图什腾,是不是太幼稚了?"她有些不耐烦地说。

她想起埃尔维斯在上次信里画的雪球,那个被埃尔维斯放在床上,弄得到处湿透了的雪球。她认为是图什腾诱使埃尔维斯干这种蠢事。

"不是这样,"埃尔维斯说过。但他说什么也没用。只要妈妈这样认定,事情就是这样。她总是什么都知道!此外,埃尔维斯是在爷爷家认识的图什腾,是爷爷给他们牵的线,因此,图什腾肯定有问题。因为,妈妈不喜欢爷爷,觉得和爷爷沾边的任何事都有问题,都令人怀疑。他已经注意到这一点,每到这时候,妈妈总要说些让埃尔维斯难过的话,一些让他回想起痛苦往事的话。

"你只要不弄进雪来,不弄脏房间,你站在那里写什

悬崖勒马？

么、写多久都行。但幼稚也得有个边！你说呢，小伙子！"她说。

埃尔维斯写信用了很长时间。星状雪花画起来可不容易。为了保险起见，他画了好几遍。现在，他总算画完了。他把信纸折好塞进信封，写上地址。现在，就差邮票了。他必须向妈妈要。

"妈妈，有邮票吗？"他问。

妈妈走过来，先在埃尔维斯身后调整了一下窗帘。这时电话响了。他只好站在那里等妈妈去听电话。他听到电话是一个阿姨打来的，她告诉妈妈一件事情，一件非常重要的事情。

"你说什么？我不知道！这个孩子从来不讲学校里发生的事情。"他听到妈妈说。

他心里一阵发冷。究竟发生了什么事？他到底干了什么？妈妈匆忙地看他一眼。他知道准是出什么事了。要是他知道是什么事就好了。

现在，她放下电话，对他不满地摇摇头。

"明天学校里要照相，埃尔维斯！要来一个摄影师给你们照相！老师没说过这事吗？"

说过，但是他给忘了。

幸亏比尔吉达阿姨打电话来。否则，妈妈根本不会知道这件事！

的确如此，但这件事和妈妈一点儿关系也没有，她知道这事有什么用？

"对了，现在，我必须给你洗头，让你明天打扮得像个人样。"

"像你现在这样，摄影师来了怎么照相，我可不想跟着你丢人现眼！"妈妈站着来回转动埃尔维斯并从上到下审视着。

"脱下你的裤子，我得赶快把它放到洗衣机里！"

埃尔维斯站在那里，手里拿着信封。邮票呢？他想马上把信发走。

"我可以给你代办！"妈妈口气强硬地说。

不，他想自己发。只需要一分钟，他应该可以做好。"想想，你总也……"

这时电话又响了。

妈妈叹了口气，走过去接电话。这次是斯万阿姨打来的电话。妈妈想安静地和她好好谈谈，因此，请她稍等一下。她拿钱给埃尔维斯，让他去买邮票，顺便发信。

"但别待太长时间！你听到了吗？我必须立刻洗洗你的裤子。"

她拿起话筒，开始说话。她谈到学校明天照相的事。

埃尔维斯急忙动身。这是斯万阿姨来电话第一次让他这么高兴，但他并不想听她们的对话。

悬崖勒马?

埃尔维斯先去文具店买了邮票,随后去火车站发信。他不慌不忙,他知道妈妈和斯万阿姨通电话的时间短不了。

当埃尔维斯把信投入邮箱,斜着穿过站前广场,准备回家时,他看到一辆出租车开过来。汽车在他面前停下。车窗打开,在司机身旁坐着玛格纽斯·林德。

"你快上车。"他对埃尔维斯说着,打开后车门。

埃尔维斯有点儿犹豫。他很高兴见到玛格纽斯,但他答应过妈妈尽快回家,他该怎么办?

"我试着给你打过电话,"玛格纽斯说,"但老占线,我正好到这边办事,就想说不定会碰到埃尔维斯,谁知道呢,结果,你真的在这里!"

真幸运,因为他现在需要埃尔维斯。

"你知道,就是你做过的那件事。"他说。

但埃尔维斯摇摇头。提塑料袋这种事他并不喜欢。此外,他答应过妈妈,不在外面停留。

"太遗憾了,真的不行吗?"玛格纽斯显然没有想到他会犹豫,"用不了多长时间,最多半小时!"

埃尔维斯站在人行道上,左右为难。他既想去,又不敢去。现在,玛格纽斯开始对他微笑,那么动人的微笑。

"好吧,我明白了!"玛格纽斯说,"你不能,这次真的不能。"

他关上车门,微笑着向埃尔维斯招招手。

我的小秋签

"不，等等，等一下！"

埃尔维斯抓住车门，他觉得他不能看着汽车带走玛格纽斯。他不想失去他。玛格纽斯也不能空手而归。他们是朋友！玛格纽斯自己也说过。埃尔维斯喜欢或者不喜欢做这件事又算得了什么！再说只需要半小时！妈妈一开始与斯万阿姨通话就会忘记时间，她们习惯了没完没了地说下去。

玛格纽斯再次打开车门。这次，他走下车来，与埃尔维斯一起坐在后座上。

汽车开动后，他轻轻搂着埃尔维斯的肩膀。埃尔维斯高兴得直喘粗气。玛格纽斯靠向他，看着他的眼睛微笑。

"太棒了，埃尔维斯！你真够哥们儿！"埃尔维斯感到心里涌上一阵温暖的感觉，他的身体在膨胀。"事情很快就会办好，一切都准备好了！"玛格纽斯说。他们开过大桥，进入玛格纽斯家所在的地区。在街口汽车必须停下等待绿灯。这时，埃尔维斯看见那辆黄色轿车停在街对面，那两个小伙子坐在里面。埃尔维斯指给玛格纽斯看，但玛格纽斯只从窗口瞥了一眼，耸耸肩膀，好像既没认出那辆汽车，也没认出车里坐着的两个人。但埃尔维斯不可能看错，就是这辆汽车，但玛格纽斯却一言不发。埃尔维斯也不再说什么了。

出租汽车停在公园门口。玛格纽斯让埃尔维斯下车，之后走到坡下小吃店前，他们上次待过的地方等着。他说，他得先去办点儿事，一会儿就到。

悬崖勒马？

出租车拉着玛格纽斯走了。

当埃尔维斯孤身一人时,他的情绪立刻发生了变化,心中的兴奋消失得无影无踪。他按玛格纽斯所说的走向小吃店,但心里忽然对这件事产生了一种难以形容的抵触情绪。他感觉自己讨厌那个黑塑料袋。

要不是为了那迷人的微笑,那双明亮的高兴的眼睛,对了,要不是为了玛格纽斯的原因,他才不会去接那个袋子,到现在,他还不知道袋子里边装着什么。为什么玛格纽斯不自己把塑料袋送到汽车上去呢?埃尔维斯一直没敢问他。

现在,他一个人站在山坡前的雪地里等着。他不怎么高兴,这并不奇怪。几天前,他刚见过玛格纽斯。现在并不想他。起初,他一直想他。但自从上次见面后,他一直没想过他,几乎忘记了玛格纽斯的存在。

但只要埃尔维斯看见他,哪怕只一小会儿,他就准备为玛格纽斯做事,做什么都行。他坐在汽车里时非常高兴,现在却毫无兴致,对这一切后悔不已。

现在,他们是朋友,玛格纽斯自己说过——

突然,他听到坡后传来一声高兴的呼叫。玛格纽斯转眼间出现在他的面前。他从积雪累累的灌木丛中跳了出来。

他打掉身上的白雪,拥抱了一下埃尔维斯,然后像往常一样,用双手搂着埃尔维斯的臂膀,直看着埃尔维斯的眼睛并微笑着。埃尔维斯顿时感到,一瞬间,欢乐又回来了。他

我的小秋签

重新感到体内充满了温暖与活力。

噢,现在,埃尔维斯想要做件大事,某件令人振奋的事,他要做些英雄伟业,当然是为了玛格纽斯。

但是那个塑料袋子呢?玛格纽斯把它放到哪里去了?这个问题困扰着埃尔维斯。

他感觉玛格纽斯的双手更加用力地抓着他的臂膀。他的拇指在埃尔维斯的外套上来回移动。

"今天没事了!"他笑着说,"我彻底失败了!"

"真的?"

"是的,你看到了,我两手下空空。"

他故作夸张地摊开双手,然后轻轻摇晃一下埃尔维斯,他们同时笑了。埃尔维斯不知道玛格纽斯干什么失败了,也不想知道。但今天确实没有黑色塑料袋了。他感到立时轻松多了。他看到玛格纽斯的情绪也放松下来。

"对了,我们现在干点儿什么?"玛格纽斯脸上露出有点儿松懈或者疲倦的表情。

"我也不知道。"埃尔维斯说。

这时,他忽然想起妈妈还在家等着。他必须马上回家,否则事情就麻烦了。

"好吧,我想法让你回家。"玛格纽斯毫不伤感地说,"这不难办。"

"黄色轿车还在那边等我吗?"埃尔维斯问。

悬崖勒马？

"不，我们另找辆出租车。"玛格纽斯说，"没有必要让人看见你与那辆车在一起。"

他亲切地用胳膊搂着埃尔维斯的臂膀，他们走出公园。玛格纽斯在大街上拦住一辆出租车，与埃尔维斯一起上车离开。

他们共同坐在后座上。心里没有焦虑，没有厌倦，埃尔维斯真希望，他们可以一直这样走下去。

玛格纽斯把手放在埃尔维斯的胳膊上，把头缩进蓝色围脖里，脸色平静而严肃。埃尔维斯腼腆地看着他。玛格纽斯脸上没有任何表情，只有鼻翅翼在轻微起伏。明亮的双眼直视前方，手指在埃尔维斯手臂上轻轻敲打。

"对了，埃尔维斯！刚才差点儿出大事，就差那么一丁点儿！"

埃尔维斯没有回答。他搞不懂玛格纽斯究竟在说什么。

"我能感觉到自己彻底失败了。"玛格纽斯说。

但是，他一点儿不像刚刚经历过一场失败。相反，现在他抬起头来哈哈大笑。这是一种发自内心的欢笑。随后，他又严肃地说："当我发觉事情正在彻底失败时，你知道我在想什么吗？"

埃尔维斯当然不知道。玛格纽斯直视前方，好像在做梦似的。他在与埃尔维斯说话，但眼睛却不看埃尔维斯。

"对了，我经常这样问自己，眼前的事就是发生在我身

我的小狱答

上的最可怕、最严重的事情吗?"

埃尔维斯不知道他应该回答,还是任由玛格纽斯继续高谈阔论。他的话语令人奇怪,他正在说些莫名其妙的事情。

玛格纽斯自顾自地说,他也不知道这个问题的答案。但是,今天居然发生了,就是到了最坏的地步似乎也不像人们想象的那么可怕。

人们很容易过分夸张,夸大其词,把事情弄得戏剧化,他说,人们必须学会与危险生活在一起。

他深深呼吸几下,慢慢平静下来。埃尔维斯听着玛格纽斯喘气的声音,他数着,一、二、三。玛格纽斯安静多了,现在,他慢慢地呼出,然后吸入。

"是真的吗?"他突然又发问。

埃尔维斯耸了一下臂膀。

"不是,"埃尔维斯说,"也许是——"

"你得自己把握!"玛格纽斯说,这时他面对埃尔维斯,用一双闪闪发亮的眼睛看着他。

"我不知道,"埃尔维斯小声说。

他不知道他在回答什么,甚至不知道他做了什么。他只是着魔似地盯着那双明亮的眼睛。它们好像是用非常薄的玻璃做的,此刻,它们好像要破碎了一般。

"天下没有不散的宴席。"玛格纽斯说。

他转过身体,把下巴埋在围脖里。

悬崖勒马？

"你想想看,要是人再也不存在了,"他喃喃地说。

埃尔维斯倾听着,试图理解他的话。但真的不理解,这些话太深奥了,他还从没考虑过这方面的问题。玛格纽斯好像梦呓似地说:"不存在了,要是真这样生活下去,除了危险就没有别的了,不是吗?"

埃尔维斯没有回答。玛格纽斯转过身子,隔着车窗向外看。

"我也不知道这样想对不对?"他好像自言自语,"我不知道。"

他转过身子又对着埃尔维斯,露出迷人的微笑。

与喜欢的人抢个合影

与喜欢的人抢个合影

首先,在教室里照相。

随后,到校园里照相。

摄影师和老师站在讲台旁边,又说又笑,详细介绍了有关拍照的各项事宜。

"每人都坐在自己的座位上,就像往常一样,对,完全像往常一样!"

完全像往常一样?

这句话老师重复了上百遍。摄影师跑来跑去,从不同角度按下快门。

但某些不寻常的事情正在发生,大家不言自明。因为,如果真像往常一样,就不用重复上百次了。

埃尔维斯满怀兴趣地四处打量,从这个看到那个,很明

我的小秘密

显,实际上没有人与平时完全一样。

绝大多数人都刚洗过头,有几个男孩儿还新理过发。女孩子们头上戴着丝带,其中有些人,比如安娜露丝没有。他想不看她,但还是看到了,安娜露丝身上发生的任何一点微小变化,他几乎不用看就知道。她头上还扎着两只小牛角辫,但换了新的有小花的发带。脖子上戴着一条挂着颗小小瓷心的项链。

他们两个好像谁也不认识谁。在今天这样一个特殊的日子更加明显。他昨天忘记了照相的事,因为,他根本不愿意去想它。这没有什么值得盼望的,现在,他再也不能因为与安娜露丝一起而得到什么欢乐。

要是真的像从前一样,他们早就会在事前讨论、计划一些有关照相的事。他们会商量好今天穿什么,照相时怎么做等。他注意到,当成年人想让自己的孩子参与某件他们认为重要的事时,他们经常说的与心里想的相反。老师自然希望学生在照片上容光焕发、衣着整齐,但她并不明说。她知道那样的话,有些孩子会跟她唱反调,制造各种各样的麻烦。

他发现自己越来越会猜测成年人的心思了,真有意思!而要琢磨孩子们的想法,就困难多了,因为他们不大会骗人。

过去,他不明白这些事。他以为大人不会说谎。听到孩子说谎时,他们会很生气,因此他就想当然地认为大人总是在说实话。

当他发现大人说谎时,就像从头上浇了一盆凉水。他们

与喜欢的人抢个合影

起码与孩子说过同样多的谎话,不过在另外一些事情上,他们的谎言常常是难以理解的,他们会在一些孩子们从来不关心的小事上撒谎。

例如,为什么老师昨天说照相没什么了不起的,她会像平日一样地到学校来,但实际上,她把头发做了许多平日里没有的发圈,嘴唇也画成了红的,眼皮上则描了蓝色,从她身上,人们就能看到,今天是个特别的日子。

所以,现在他明白了,为什么昨天妈妈也忙活了好一阵子。他必须对所有人微笑。他们坐着,摄影师跑着、照着。老师也在忙着,她背对后墙站着,在指挥。

"你听着,埃尔维斯!别坐在那里摇头晃脑地来回张望!你一秒钟也不安静!你应该把手放在桌子上,像其他同学一样眼睛向前看!就像平常一样!"

"这行不通。" 埃尔维斯听到自己不平的呼声。

"你说什么?什么行不通?"

"像往常一样,没人像往常一样。"

这时,老师笑了起来,摄影师也笑了。他们嘻嘻哈哈地解释几句。老师平日里是非常好的,今天却有点儿犯浑。

"我们今天与往常不一样吗?还是一样的吧!"

她转身看着摄影师,以寻求支持。他点头表示赞同。

但今天他第一次见到他们,根本不知道同学们平常是什么样子。

埃尔维斯平日里不关心这些事情。但今天,他又来个实

我的小秘密

话实说:"摄影师不知道我们平常什么样子,今天大家都不太自然。"

教室里一下安静下来,老师也收起了笑容。

"噢,你这样认为,埃尔维斯!不管怎么说,你现在还是要按照我说的去做,好让大家顺利地照完相。还有其他班级等着照相呐!"

她声调严肃,埃尔维斯按她说的做了。他阴沉着脸,盯着相机。他对老师很失望,心里还有些话要说。但现在说也没有用,她是为了配合摄影师才这样做的。

现在,她又开始笑了。

"好样的,埃尔维斯!"她拍拍手并叫道,"你看,只要你安安静静坐好,准能照出特别酷的相片!"

随后,他们穿上外套来到校园里。

他们的教室在一栋较小的楼房里。现在,他们要到高年级学生所在的大楼门前去。

埃尔维斯先去喝水,因此比其他学生到得晚些。他不慌不忙,心里希望大家最好把他忘了。

摄影师在紧张地调理相机,老师忙于安排学生的排列。个子最小的同学站在最前列,埃尔维斯属于这一类人,但他没兴趣站在最前边,他不想被人看得很清楚。

长得最高的学生站在第二排。大楼门前有个台阶,中等个子的学生站在台阶上,以便稍稍提高一下他们的高度。老师忙于指导、安排和调动他们。埃尔维斯站在远处,在犹豫

与喜欢的人抢个合影

着。老师似乎忘记了他，他在想，现在也许可以溜走……

这时，他看到了安娜露丝。老师正在调动安排第三排同学的位置，她被安排在第三排中间，她的一边是本特·古斯塔夫松，另一边站着姚然·贝里。在一张没有埃尔维斯的相片上！

不，这可不行。

摄影师准备按下快门。谁也没注意到埃尔维斯不在。不过，大家还得等等看！

埃尔维斯像支箭似的朝对着楼门站立的人群跑来。他跑上第三排同学所在台阶，灵活地跻身于姚然和安娜露丝之间。

安娜露丝急忙看他一眼。他也看着她。她微微一笑，他也跟着笑了，随后，她按摄影师要求，向前看去，埃尔维斯也同样作出了调整。

这时老师在叫喊："这不符合起初设想，埃尔维斯，你该站在第一排，你知道吗？"

"不，为什么要那样，我看现在他站在那里挺好！"看来摄影师并不像他开始认为的那样笨。

"大家都准备好了？"他高喊。

埃尔维斯静静地直视相机。摄影师按下了快门。相机"咔嚓"一声照下了这个镜头。

现在，安娜露丝和他上了同一张相片，两个人紧挨着站在一起。

正像埃尔维斯预料的那样。

报应还是报复?

报应还是报复?

"你当时看着我,"埃尔维斯说,"你在笑!"

"我笑了吗?"安娜露丝说。

此刻,他们正在谈论那天照相的情景。

这是好几个星期以来,他们第一次放学后一起回家。埃尔维斯跟着她走了一段。今天放学后,埃尔维斯自然地站在学校门口等着。不一会儿,安娜露丝和几个同班女生走来了。当她看到埃尔维斯,就和她们分手了,和埃尔维斯一道回家。

"海尔佳呢?"埃尔维斯小心翼翼地问。

"不知道。"

安娜露丝摇摇头,望着远处。

海尔佳不和他们一个班,但她经常等着安娜露丝。最近

我的小狐仙

一个时期，海尔佳很少让安娜露丝单独活动。她不想让安娜露丝与埃尔维斯见面，因此总是监视着她。

"你们闹矛盾了？"埃尔维斯问。

安娜露丝不回答。她开始掏口袋，很快，就从里面掏出一把锈迹斑斑的钥匙。这是小房子的钥匙。他认识它，心里顿时兴奋地一跳。她是想，现在和埃尔维斯一起去那里玩吗？

但安娜露丝马上又把钥匙放回口袋。

"我只是想看看钥匙是否还在。"她说。

埃尔维斯不敢再问海尔佳，他注意到她不喜欢谈海尔佳。

"你喜欢这次照相吗？"他提出了另外一个问题。

"不知道，无所谓的。"安娜露丝没有任何表情地回答。

她的回答很简短，似乎心不在焉，也可能在想别的事情。埃尔维斯拿不准。她没说什么，一直是他在说话。她也不看他，当他说话时，她看着别处。

很明显，他们分开已经好长时间了。他们现在已经不像从前那么合拍。当一个人是对另一个人罪业的报应，而自己却不知道的时候，他们怎么可能和谐呢？要不是为了这个原因，他才不会对海尔佳和安娜露丝那天的恶意相向委曲求全！她们会看到另外一种结果，一种可能对她们很不利的结果。但这不是她们的错误。上帝在按照自己的意愿对他进行

报应还是报复？

处罚，海尔佳和安娜露丝也没有办法，她们只是碰巧被利用来惩处埃尔维斯。

他很想把事情原原本本地告诉安娜露丝，但这样只会使上帝更加恼火，更加严厉地处罚埃尔维斯。实际上，像上帝这样的大人物，不应该这样小肚鸡肠的。对这些芝麻粒大的小事如此计较！埃尔维斯深深地叹了口气，小心地看看安娜露丝。

"我们总算相互挨着站在了一起。"他说。

"什么相互挨着……"

安娜露丝装作没听明白，但她知道埃尔维斯的想法。她不过想找点儿别扭，今天，她好像就是为找别扭来的！

"在相片上相互挨着，就是摄影师给咱们照的那张。"埃尔维斯说。

"什么就是？"安娜露丝挑着眉毛说。

他耸一下肩膀，这个问题根本没必要回答。安娜露丝加快脚步，但又突然停下步子，对埃尔维斯反驳说：

"实际上是你跑来挨着我！"她说，"对啊，这怎么了？"

"不是我跑去挨着你！就是这样！"

她是什么意思？她站在这里，好像这是什么重要的事似的！好像她有什么重大发现，他们说的不是一回事吗？

"是我跑去挨着你，但你也就挨着我了，嗯？"埃尔维斯有点不耐烦了。他认为有许多更有意思的事可以说。

我的小秋千

"不,是你跑来了!"

"对,然后呢?"

"我只是站在姚然和本特之间,什么也不知道!你就来了,挤进来了!"

"你也可以走开?"

"我不能,老师让我站在那里,我要听老师的话,而你跑来,挤进来!"

她看着埃尔维斯,纠正他说。

"对,是我跑过来,挤了进去。"埃尔维斯重复说。

这时,她满意地笑了。当她注意到埃尔维斯也想笑时,立刻板起脸来。

"这没什么可笑的!"她说。

"不,确实不可笑,"埃尔维斯严肃地说,"那你为什么要笑?"

安娜露丝望着远方,不知道该怎么回答埃尔维斯。这时,她又想起了点儿东西,某种令人窒息的东西,她说:"那张相片毁了,就是因为你的原因。"她用眼睛紧盯着他。他平静地看着她。

"对我可不是这样,"埃尔维斯说,"事实上,恰恰相反!"

这时,安娜露丝出了口长气,看着他并用平常的口气说:"对我来说照片也没毁。我不是这个意思。只是不知道

报应还是报复?

海尔佳见到会怎么想。"

"她肯定很生气,这很自然。"埃尔维斯说。

"对,她会生气。"安娜露丝思考着说。

"她会认为,我发疯了,怎么会和你站在一起,还留下张照片。"

埃尔维斯沮丧地叹了口气,浑身软绵绵的,没有力气。这时,安娜露丝倔强地摇摇头。

"不过,"她说,"做过的事就是泼出的水!让海尔佳生气好了!"

现在,她又恢复了原来的模样。不再与他闹别扭,埃尔维斯也振奋起来。他找到了原来的安娜露丝,她就应该这样。

"对了,你知道吗,"安娜露丝有些气愤地说,"海尔佳想怎么生气都行。她总不能永远决定我的事情。"

埃尔维斯当然也不希望安娜露丝被海尔佳控制。但他马上又想起事情为什么会变成这样。那是对他罪业的惩罚!

"你知道,也不全是她的错,"埃尔维斯说,"是……"

这时,安娜露丝激动起来,他是什么意思,他以为可能是她,是安娜露丝的错误?他究竟想说什么?

"不,不是这个意思!"埃尔维斯。

他决不是这个意思,他在想别的事情。

我的小秘密

但安娜露丝坚持是海尔佳的错误,起码绝大部分错误是她造成的。

"我不应该告诉她任何事情,她会编造出许多别的事情。这一切都只是她想自己来发号施令,来决定别人的事情。"

她详细地罗列了海尔佳是怎么招人烦的例事,埃尔维斯一言不发。一般情况下,他都会同意她的看法,但这次他不同意。他知道这一切都另有原因。最后,他没法保持沉默了。

"我知道,你们为什么不想与我在一起,"他严肃地说。安娜露丝惊奇地看着他。

"谁说的?是海尔佳……"

"不是,是我自己知道的,是我推算出来的。"埃尔维斯一本正经地说。

出现现在这种局面,他必须讲出事情的原委,他倒出了他的所有谎言。他一直不敢告诉妈妈,他与安娜露丝在一起,为此他每天都要撒谎,他必须弄本罪业录,以便记住所有谎言。因此,他对报应的最后到来,一点儿也不奇怪。

"报应,什么报应?你在说些什么?"

安娜露丝一点儿也听不明白他的话。她只是盯着他看。

"就是你不再与我一起玩了,是个对我的报应!"

但她还是不明白。"这是一个报应?为什么要报应你?

报应还是报复?

这一切不都是海尔佳造成的吗?"

对,埃尔维斯知道。

"我知道。"他急切地说。

随后,他讲述了上帝是多么机敏,怎样选择了安娜露丝,让她不与他在一起,以惩罚他的可怕的谎言——那些为了和她在一起所说的谎言。事情就是这样。

"不是的,"安娜露丝惊讶地看着他说,"你可真会编故事。但事情根本不是这么回事!"

安娜露丝仔细地想了一会儿后,她开始讲述事情的经过。

"这事一开始是我犯的错误,"她说,"因为是我告诉海尔佳,我经常看你撒尿,知道你的小鸡是什么样子。我把这件事告诉她。"

"你怎么能对她……"埃尔维斯红着脸,严肃地说,"不能告诉海尔佳!"

"对,是不应该,不能。"

安娜露丝现在也明白了,和海尔佳说这个简直是愚蠢透顶。但她当时可没这样想,更没想到后来因为这件事引发了一场灾难。

海尔佳说,看男孩子的小鸡是十分丢脸的事,也很危险,可能会被传染生病,变成神经病。如果安娜露丝还和埃尔维斯在一起,她就去把这一切都告诉老师。

我的小秘密

那时,安娜露丝很可能被学校"除名"。因为学校里不能收留看过男孩子小鸡的女生。即使安娜露丝不用离开学校,埃尔维斯肯定要放弃学业,永远都不能回来。因为从一开始就是他的错误,撒尿时让安娜露丝去看。

海尔佳说,埃尔维斯这样做是很肮脏的,她不知道自己把这件事说出来后,埃尔维斯会不会进监狱,或者是进少年教养所。这取决于抓埃尔维斯的是个严厉的警察,还是个善良的警察。有的时候,海尔佳希望抓埃尔维斯的是个善良的警察,但大多数时候却希望是个最严厉的警察。

"她不喜欢你,知道吗?"安娜露丝最后说。

埃尔维斯当然清楚这一点。刚才听到的这些事,他哑口无言。这就是为什么安娜露丝不敢见埃尔维斯的原因。至于这是不是上帝对他的惩罚,他也不知道。但他必须说这事办得惊人的低能,上帝应该能够找出比这个更好的处罚办法。

"现在,你怎么和海尔佳说?"他有些不安地问。

"不知道。"安娜露丝回答。她双眉之间现出一道烦恼的皱纹。

"唉,"安娜露丝严肃地说,"如果你被除名,我可能也会被停学,你知道,现在,他们从照片上可以看到我们还在一起。"

这件事情相当严重。要是埃尔维斯被除名,妈妈肯定会立刻知道。她也会知道原因。那时,她肯定会被气疯。

报应还是报复？

安娜露丝又说，如果埃尔维斯被除名，她也想停学，她保证会这样做。这对她没什么，学校并不那么重要，尽管海尔佳说过，不上学的人会变成傻瓜，会进疯人院。

"海尔佳说得可真不少，"埃尔维斯气愤地说。

他们想了一会儿。安娜露丝突然说，"我知道了，我要亲口告诉海尔佳。"

"你说什么？告诉她什么？"

"我说我们现在重新在一起了，你和我。我们在照片上就在一起。她可以找老师嚼舌头，嚼多少都随她便！我和她两清了。"

"我也一样。"埃尔维斯说。

他感觉他是真心的，只要能和安娜露丝在一起，其他事对他都不重要！

安娜露丝既然敢对海尔佳说他们在一起，他就敢告诉妈妈这件事。

"我与安娜露丝·皮特松在一起！"他今天到家就这样告诉妈妈。他感觉到，讲出这件事再也没有困难。相反，他感觉理直气壮。他会为自己说出此事而自豪！

同时，他还要告诉妈妈，他撒尿时让安娜露丝看过，这可能也挺好。他估计妈妈可能会气得发疯，但这样可以使她对以后发生的事情在思想上有所准备。正如海尔佳所说，埃尔维斯可能会被除名，或被迫停止学业的。

风云多变

风云多变

埃尔维斯跑上家门前的台阶。他非常高兴,急于向妈妈讲出他想讲的话。他自己也不明白,为什么他怕了这么久。他与安娜露丝在一起,不会影响或伤害任何人。妈妈虽然生气,但是,早晚会过去的,也没什么了不起。至于被学校除名,的确是个很严重的问题,但他现在无暇顾及,只能到时再说了。

他打开大门,走进门厅。

埃尔维斯很平静,准备接受任何形式的冲击。

房子里异乎寻常地安静,收音机也没像平日那样开着。妈妈没有出来看他。但厨房里传出奇怪的声音。

妈妈坐在那里痛哭,她膝盖上放着赛三。

我的小秘密

这是他不曾想到的事。头脑里的各种念头,像一群受到惊吓的小鸟四散飞逃。

妈妈已经知道了?

斯万阿姨又抢在前头了?

或者是老师刚打过电话?

海尔佳已经向老师嚼舌了?

他现在已经被学校除名了?

他什么也不敢问。什么也不敢说。他一下变成了哑巴。

到底发生了什么?妈妈已经知道了多少?

他进来时,妈妈肯定听到了,但她没和他打招呼,甚至都没看他一眼。她只是坐在厨房里,把头埋在胳膊间里大哭。

他看见她穿着外套,在门厅的地板上,有个装好了的行李包。

她想离家出走?家里肯定发生了什么可怕的事情。什么事对她打击如此之大?埃尔维斯傻愣愣地站在那里。

他肯定被学校除名了,一定是这样。

妈妈知道了关于他的所有事情。现在,她不想再见到埃尔维斯。像她经常说的那样,她的眼珠子都"被臊出来了",如果,老师已经和她说了海尔佳说的那些事,妈妈对小鸡之类的事又特别敏感。有时,她看到他碰到那里都会脸红。

太不幸了,他没来得及自己告诉妈妈。他不会像海尔佳

风云多变

那样添油加醋,他会讲得客观温和。这样,妈妈虽然还会伤心,但她不会在老师面前出丑。她起码会有些思想准备。

现在,她受到了惊吓。她坐在那里号啕大哭,头也不抬。这比被气疯还可怕。

他不知所措。他是整件事情的起源,却不能给她一丝安慰。

他只是站在那里,不知所措。

这时,爸爸突然进来了。

天还这么早!妈妈肯定给他打电话了。就像那次儿童教养委员会来信时一样。当时,他和安娜露丝捡了好多高尔夫球,却被人指为盗窃!那次,她惊慌失措。对了,想想他给妈妈造成了多么大的痛苦!他并不愿意,更不是有意这样做。她从来没有在他身上得到什么欢乐。

爸爸对埃尔维斯点点头,走向妈妈。他带着难过的表情,把手轻轻地放在她的臂膀上。她一动不动。

"你看,我回来了,"他说,"如果你准备好了,我马上送你去。"

妈妈把头从胳膊上抬起,把赛三放在地板上,抽泣着站起身来。她抽抽咽咽地擦去脸上的泪水。这时,她看到了站在那里的埃尔维斯,立时,泪水又像断了线的珠子一串串滚落下来。埃尔维斯感到心如刀绞,看来最好她见不到他,他悄悄向后退去。

我的小秘密

"你告诉埃尔维斯出什么事了吗?"爸爸问。妈妈摇摇头,并抽泣着。赛三也在悲鸣。

这时,爸爸转过脸,严肃地看着埃尔维斯。他低下了眼睛,心里挺可怜爸爸,当然也可怜妈妈,但更多地还是为爸爸感到难过。现在,得靠爸爸挑起这副重担了。爸爸很少有过欢乐,这时,他说:"事情是这样的,你姥爷突然得了急病,妈妈现在必须去看他。"

妈妈抽泣着走到埃尔维斯面前,双手很用力地拥抱着他,好像永远都不要放开似的。她一面哭一面说:"埃尔维斯,亲爱的埃尔维斯!妈妈不知道怎么办,真不知道怎么办。"

赛三跳来跳去,忽而扑向这个忽而那个。它也有些不知所措。埃尔维斯只是站着,两手下垂,他一时想不起该如何回应妈妈的拥抱。

原来妈妈的痛哭,不是由于他的原因?

她真的什么也不知道?他本来以为……现在,他必须告诉她,可能现在不行。他该怎么办?她只是拥抱着他哭泣。他把目光转向爸爸,寻求帮助。

爸爸已经取来妈妈的旅行包,用一副爱莫能助的神情看着他们。现在,他轻轻拉住妈妈的手说:"我们最好动身吧!"

这时,妈妈才松开埃尔维斯。她擦干脸上的泪水,跟着

风云多变

爸爸向外走,还带上了赛三。

"我很快就回来,"爸爸对埃尔维斯说。"我不作停留,只把妈妈送过去。"

随后,他们走了,房子里变得异乎寻常地安静。埃尔维斯在房子里来回走动,内心感到空虚难过。他不知道应该做些什么。

姥爷病了。

唉,幸亏不是埃尔维斯最关心的人——爷爷病了。他走过去给爷爷打电话。

但电话没人接听,爷爷不在家。电话只是滴铃铃地响。

他回到房间,在厨房和其他房间之间来回走动。

今天是什么日子,3月3日,还是3月4日,也可能是5日。他撕下几张日历,一张又一张,直撕到3月12日。这时他走去看报纸,实际上才3月3日。不过,早过几天,也没有什么关系。等妈妈回来,他得告诉她,一个星期左右不用撕日历了。

姥爷病了。她必须守在那里,直到姥爷完全病愈?

他希望不必如此。他得尽快告诉她,关于安娜露丝的事。妈妈对可能发生的事,也得提前做好准备。最不济,他得给妈妈打个电话告诉她,这也是一个办法。

幸亏不是爷爷。奇怪的是爷爷那边的电话为什么老是没人接。他们去了哪里,需要这么长时间!

我的小狱签

奶奶经常在家接电话，告诉他爷爷的去向。现在，家里却没人接电话，这种感觉真不好。

但那是什么？电话下面竟然压着一封信。还是寄给他的。他刚才怎么没看到，肯定是今天刚来的。又是图什腾的来信。真有趣！

"你好。你没说雪球捏得是紧，还是松？这有很大区别。要是很结实，雪花就多些，所以我得知道。请尽快回信，雪季就要结束了。

你的朋友　图什腾"

雪球捏得紧还是松，这个问题真的很重要，埃尔维斯怎么没想到。他显然没有深入考虑这方面的问题。要搞清雪球里有多少雪花并不容易，幸亏图什腾非常仔细！

埃尔维斯坐下，立刻开始回信。这是真的，春天快来了，积雪正在融化。事情变得紧迫起来。否则没有问题。雪球应该不软不硬。雪球太硬时，往往会变成灰色，表面有些滑。他不想做成这样。应该能够看出雪球是由雪花做的，它应该是雪白闪亮的。好了，信写好了。封口了，完成了。只等有邮票就可以发走了。这次，他得求爸爸买了。

现在，爷爷总该回家了吧。

但还是打不通，电话在铃铃地响！

怎么老不回答。他需要与爷爷谈谈，他感到很寂寞。

这时，门铃响了。埃尔维斯跳起身来，放下话筒。会是

风云多变

谁呢?他不敢去开门。他感到没有兴趣,没有愿望,也没有劲儿。尽管他已经与安娜露丝和好,圆了长期的梦想,但内心里的某个地方还是有点儿不安。

所有的东西,都有点儿不真实的感觉。好像这个世界是个空虚的世界,就他一个人。因此,当门铃响起时,他有些害怕。什么人会突然出现在这个空洞的世界上?

会是什么人呢?

他踮着脚尖,悄悄溜进门厅。他伸直耳朵听着,门外没有任何动静。这时,突然信箱盖子被打开了,接着,又响起关闭的声音。埃尔维斯吓了一跳。一个白色小信封落在他的脚前。

信封上写着"送给埃尔维斯",这是他非常熟悉的字体。这时他兴奋地打开大门。一点儿不假,爷爷正走下台阶。

"啊呀!你真在家里?"爷爷惊叫着转过身来。他大踏步走上台阶,高兴地把埃尔维斯举在空中,然后,把他紧紧抱在怀里,直盯着他的眼睛。

"你怎么样?"他问道。

"你来得可真好,爷爷!"

"我也这样认为。"爷爷说着,微笑了。

"我给你打过电话,你知道吗?但是没人接,"埃尔维斯说。

我的小秘密

"我在来这里的路上,你奶奶去参加教会聚会,不,我的意思是说,缝纫协会聚会。"

爷爷把埃尔维斯抱进厨房。他们在桌子旁面对面地坐下。埃尔维斯把爷爷带来的小信封放在桌子上。他还没有打开。他想等等,待会儿再看。

"爷爷……"他说。

"埃尔维斯……"

"姥爷病了。"

爷爷点点头。爸爸打过电话,说妈妈要过去看护几天。爸爸和埃尔维斯在这期间将独自生活。

"姥爷病得厉害吗?"埃尔维斯问。

"确实不太好,他的情况相当不好。"爷爷估摸着说。

"他会死吗?"埃尔维斯直看着爷爷的眼睛。爷爷与埃尔维斯对视着。

"我不这样认为,你为什么问这个?"

埃尔维斯不回答。爷爷问妈妈是不是很担心。

对,她号啕大哭。埃尔维斯从来没见过她这样悲伤,她痛哭不止。可能那一次,儿童教养委员会来信,埃尔维斯被警察抓住时,妈妈也这样悲痛欲绝。

爷爷沉思了一下。

"对,你妈妈很能哭。"他说。

那次,埃尔维斯出事故,被汽车撞着时,爷爷听到过她

风云多变

大哭。确实挺可怕的。她从来没有像上次你出交通事故时那么绝望,爷爷说。

埃尔维斯伸出双手,爷爷接过来,握在自己手里。

"不是你,这多幸运啊!爷爷!"

爷爷望着窗外,过了一会儿才回答。他听到埃尔维斯叹气时说:"下次可能就该轮到我了,埃尔维斯!"他说。

"或者该我了。"埃尔维斯抢过去说。

"对,谁也不知道。"他紧紧握着埃尔维斯的手,眼睛却继续望着窗外。

这时,爸爸回来了。他回来之前,去采购了大包小包的东西,他们都来帮助收拾整理。随后,爸爸开始做饭。他没说姥爷的事,埃尔维斯没有问,爷爷也没问。当爸爸煎牛排时,他们帮助摆好桌子,他们说了许多别的事。

现在,饭做好了。爷爷把那个小信封放在埃尔维斯的盘子前面。信还没打开,他想再等一下,等到吃甜食的时候。

爷爷和爸爸喝起白酒,一杯不够,又来了一杯。埃尔维斯得到一些啤酒,放在白酒杯子里,和他们一起干杯。

这顿饭吃得很有节日气氛。

最后,他们吃了冰激凌。还有饼干,想吃多少都行。爸爸不像妈妈,对冰激凌进行分配。他把整个冰激凌盒子放在桌子上,想吃多少可以自己拿。埃尔维斯还想要,他就再打开一盒。只要埃尔维斯说就行了。

我的小秘密

他们喝过白酒后,爸爸像变戏法似的,又拿出三个瓶子放在埃尔维斯面前。一瓶糖水饮料,一瓶柠檬汽水和一瓶香蕉饮料。随便他挑,如果他都想喝也可以。

"对这些东西不用太吝啬!"爸爸说。

他和爷爷随后又喝起啤酒,他们也不吝啬。他们喝了好多瓶。爸爸喜欢请客。他"砰砰"地打开酒瓶,然后,把酒瓶高举在空中,往下直倒,酒水飞溅。他干杯,他歌唱,还敲着瓶子伴奏。餐桌上,啤酒起沫,汽水冒泡。

其间,埃尔维斯有时会想起姥爷病了,但想的时间很短。这与他没关系。他不喜欢姥爷,但他还是不能忘记这件事。

埃尔维斯在想爸爸是否忘了这事。看起来有点儿像。

那个小信封还放在桌子上。刚才他差点把冰激凌洒在信上。现在,是时候打开它了。他取了三次冰激凌,现在需要休息一下。

是三张票!

他们今晚要去看表演,是一个魔术师的表演。爸爸、埃尔维斯和爷爷三个人都去。城里的表演并不多,爸爸知道魔术表演仅次于足球,是当地最受欢迎的活动。而对埃尔维斯和爷爷来说,魔术是最好玩的事情。表演马上就要开始了,他们来不及收拾卫生了。

"只好先放在这里了。"爸爸说。

风云多变

"对,只能先放着了。"埃尔维斯附和着。

如果妈妈在家,这种情况是绝对不允许的。

真奇怪,姥爷怎么会这时候病了。埃尔维斯虽然不太喜欢他,但却不由自主地想起他。想的时间不长,但是总不能忘记。

突然,爸爸瞅着埃尔维斯的下巴,看着他说:"埃尔维斯,你也知道,你和我还有爷爷并不经常有机会相聚。我们愁眉苦脸的也不能使你姥爷好过一些,所以我想……"

"你想得很对,"爷爷说,"我们在这里为病人无法提供一丝一毫的帮助,哦,演出时间快到了,我们还是快走吧!"

时间已经很紧了,他们必须立即行动。爸爸需要换衣服。爷爷借用爸爸的电动刮胡刀刮胡子。埃尔维斯必须帮助他修理下巴和其他一些地方。

随后,他们动身了。

外面的雪快要化了。空气很清新,月亮高悬,月光投射在戏剧公园里,地上的积水里映照出他们的倒影。月亮几乎是圆的。音乐声很响,震耳欲聋。

爸爸买了好多小吃,塞到他们手里。他们走进去坐下来,口袋里都鼓鼓的。他们坐在最前边的三张扶手椅上,是最好的座位。爷爷花钱也不吝啬。埃尔维斯坐在爸爸和爷爷中间。

我的小秘密

这一切,就像在做梦似的。

这一天怎么竟会发生这么多事情!

今天一大早,在学校里照相。

放学后,他与安娜露丝重归于好。

接着,他回家准备与妈妈谈话。

妈妈在家号啕大哭,他以为,他被学校开除了。

结果,是姥爷病了。

爸爸妈妈走后,他好孤独寂寞。

他收到图什腾来信并回信。

他又担心并害怕了一会儿。

然后,爷爷和爸爸回来了,还搞了节日聚会。

现在,他坐在这里看魔术表演。

这一天过得真不错!

今天还没结束。

爷爷身边有一张空椅子。当灯光熄灭,表演就要开始时,来了一个人坐在椅子上面。埃尔维斯没有多想,也没有看到是谁坐在那里。

来人是玛格纽斯·林德。

表演结束,人们开始向外走时,埃尔维斯看到,玛格纽斯正在朝门口走去。

埃尔维斯、爸爸、爷爷和玛格纽斯今天观看了同一场魔术表演。玛格纽斯可能没看见埃尔维斯。但是没关系,他们

风云多变

坐在一起,看了同一场魔术表演。

这使得玛格纽斯·林德变得真实了一些。

有时,埃尔维斯也在想玛格纽斯·林德是否只是一个他想象或者拼凑出来的人物,特别是与妈妈交谈之后,他更感觉到其中有许多幻想出来的东西。

但他不是拼凑出来的,他是个真实的人。玛格纽斯·林德今天也来看表演,他和爸爸、爷爷、埃尔维斯一样。

今天,真是个多事的日子。

他很长时间没有过这样平静、幸福的夜晚了。这是为什么?他在想,但又不想为此徒费精力。他困了,睡着了,像块石头一样,睡得很沉、很静。

早上,小鸟在窗外欢唱。阳光深深照进房内。春天来了。

爸爸在浴室内吹着口哨。

埃尔维斯把身体伸得笔直,舒服得大声欢叫……昨天睡得真好!

随后,他安静下来,一动不动地躺着。

姥爷……

不过,姥爷不会因他晚上睡不好觉而恢复健康。

爸爸停止吹口哨也没用。

摊牌

摊 牌

这是什么意思？谁把月份牌弄成这个样子？

妈妈在房间里瞪大眼睛看着。她出去了三天，今天早上刚刚回来。姥爷的病情不稳定，但有些好转。现在，她不需要整天看着他。

今天不是3月12号，才刚刚6号。谁又拿月份牌在玩？

她盯着埃尔维斯。

"我没拿它玩，现在你省得撕了，我觉得没什么关系，我正要告诉你。"

舌头在埃尔维斯嘴里打战。家庭审讯又开始了。

家里的许多地方都有问题，尽管他们以为自己已经尽了力，干得也还不错。昨天听说妈妈要回来，他们打扫了一个

我的小秋爸

晚上，尽量让房间恢复原样。他们扔掉了垃圾，浇了花，并收拾了房间。

"我还想吸一下灰尘，"爸爸说，"但是……"

他不安地用眼睛跟踪着妈妈的动作。现在，她还会发现些什么不合适的地方？他在想。她在厨房里巡视着，对所有物件，一件件地检查。

"你们的宴会，搞得不错吗！"她边刷着炒锅边说。这个锅爸爸早就刷过，埃尔维斯也把它擦干了。

"你们可真行啊，我在医院里看护姥爷，你们却趁机寻欢作乐！"妈妈说着，又拿起一个新锅查看。他们没用过这个锅，因此什么问题也没有。但为了保险起见，她还是用水冲了一下。

随后，她又发现煎锅也不干净，转身又去洗刷它。她继续查看着。

父子俩一言不发，默默地看着。一个站在窗前，另一个站在门旁边。只能听到妈妈来回走动的脚步声和她检查、整理东西的声响。

埃尔维斯和爸爸不时地对看一眼。他们以为整理得很好，没想到……当然要整成妈妈要求的那样，还真有一定的难度。

"爷爷来过了，我知道，"妈妈说着，从水池的下水口捡出一个烟蒂。她把它举到爸爸鼻子底下。

摊牌

"哦,我忘记清扫下水道了,"爸爸低声下气地说。"我们不是有意的,等一下,我马上……"

他走到水池旁边。但妈妈并不让开,她挡在水池前,使他没法帮忙。她就是要让他看看,她在这个家里,每天都干些什么粗活、脏活。

爸爸不知所措地转着,想动手干点儿别的,却插不上手。

"你起码别在这里碍手碍脚的!"妈妈说。随后,她转过身来,大干起来,想真正显示一下。现在,她在清理炉灶。

"我只是想尽力帮点儿忙,"爸爸有些委屈。

他又站了几秒钟,好像迷了路似的。随后他转身而去。大门在他身后"砰"地一声关闭了。妈妈从炉子上抬起头。

"他不是说要帮忙,怎么就这样走了,留下——"

她不再说话,叹着气,看着炉灶。

埃尔维斯和妈妈单独在一起。

对,时候到了。现在,他必须和她谈那件事。但不是马上谈,得等她把肚子里的火先发出来,他得低调地再等一会儿。

他不想帮什么忙。越帮越忙,只会弄得更糟。妈妈已经表示过什么事都由她自己做。他走过去坐在赛三身边,逗它玩。

"埃尔维斯,赛三应该睡觉了,你不要再逗它了!"

我的小秋签

在妈妈看来，今天什么事情都不对。妈妈的眼睛那么敏锐，什么都不肯放过。他真想一走了之，但他现在必须和妈妈谈谈。他坐在椅子上，等待着时机。

这时，电话响了。埃尔维斯有点儿害怕。幸亏与他无关。是一个阿姨打来的，妈妈向她说起姥爷的事，又说她今天回家时，家里的混乱情况，她必须立刻大扫除。她介绍了自己干过的所有事情，她又说，她没时间在电话里多说，因为还有好多事没做。埃尔维斯真希望她能挂上电话，但她没有。她得先讲讲还有什么事情没做才行。

最后，她终于挂上话筒，回到了厨房。现在，该修理花盆了。她开始审视它们。

"埃尔维斯，爸爸真的给它们浇水了吗？"

"对，每天都浇。"

埃尔维斯知道这件事。昨天，他还和爸爸一起浇水了。妈妈没说话。她正在摘掉变黄的花叶。这时，埃尔维斯想起妈妈过去说过要及时摘掉黄叶，但他们给忘记了。好在妈妈对这件事似乎看得不那样严重。打过电话后，她的情绪似乎好些了。

现在，埃尔维斯说话了。

"妈妈！"他说。

"哎，小伙子！"

这声音使埃尔维斯受到鼓励。回家之后，她的声调还是

摊牌

第一次这样柔和。

此刻,埃尔维斯像个三级跳运动员一样,开始起跑。

"我和安娜露丝·皮特松在一起!"他的声音那么高而又清晰,就像在喊叫一样。

妈妈瞠目结舌、呆若木鸡。她笨手笨脚地收拾着盆花,失手摘掉了个健康的叶子。她拿起那片无辜的叶子让埃尔维斯看。

"看看这个,看看会发生什么,这就是……"

她举着花叶的手在发抖。她不再说话,并扔掉那片叶子。

"好啊,你这个小家伙,当姥爷生病住院的时候,你却想和安娜露丝·皮特松在一起,你就这样想吧,埃尔维斯!"

妈妈说话时并不看他。但埃尔维斯能听出她嗓子里压抑着的哭声。她继续修理花木。

埃尔维斯集中力量,准备发表第二份声明。但妈妈抢在前面。

"你还挺为我着想的,现在和我说这个。你想安慰妈妈,我明白!你知道妈妈难过,真得谢谢你,你可真会帮忙啊!"

但埃尔维斯没听妈妈在说什么,她的话从他耳边飞过。他只等待她的伤感的声音停下来,让他可以讲出自己的心

我的小秘密

声。他觉得自己必须一次性把整件事情说清楚。因为,如果现在不说清楚,以后恐怕永远也说不清了。

妈妈刚安静下来,埃尔维斯就再次起步。

"我撒尿时也让安娜露丝·皮特松看过!"他大声说。

由于用力,他的脸都憋红了。他自己能感觉到脸在发烧。他对自己的表现很不满,这样,会让妈妈以为他脸红了!

忽然,他听到"砰"地一声响。妈妈正打算移向窗台的花盆,落在了洗碗台上。花枝在台上颤动,她也在颤抖。她茫然不知所措地站在那里,几次开口,却什么也没说出来。

埃尔维斯觉得她不相信他的话,以为他在骗她。

"我说的全是实话。"为了保险起见,埃尔维斯补充说。

随后,他深深吸了口气,又吐出去。现在好了,他总算说出来了。剩下的听天由命吧!他总算遵守诺言了,虽然延误了一些时间,但他终于还是做了。

他站在那里,直直地看着妈妈。而她正用一种空洞的、惊恐的目光盯着埃尔维斯,好像他是个小鬼。

埃尔维斯慢慢转身向外走去,已经没有什么可补充的了。

这时,妈妈却清醒过来。

摊牌

"你给我站住!"她怒不可遏地喊叫着走来,"你现在哪里也不能去,听明白了吗?"

埃尔维斯顺从地停住脚步。实际上,他并没有出外的兴趣。当他看到妈妈,突然感到不太踏实。他最后坦白的那一句话,其实没必要说。妈妈也许不一定会听到此事。这可能是多余的。但他还想解释一下。安娜露丝·皮特松从来不知道男孩子怎么撒尿,因此他就让她看了一下。对,他应该再解释一下。

"事情是这样……"但妈妈根本不想听。"你混蛋,埃尔维斯!你怎么可以这样!可怜的姥爷还躺在病床上没人知道……"

"他已经好些了,"埃尔维斯说,"他与这事没关系。"

"好些了,没关系——"

妈妈说着说着又哭起来。

"我没想到你这样心狠,埃尔维斯,你竟然这样没良心!"

她哭得更加大声。

"但是妈妈,"埃尔维斯试图解释一下,"安娜露丝不知道男孩子怎么撒尿……她没见过。"

"这没什么好看的。"妈妈抽泣着说。

"安娜露丝只是想看看,"埃尔维斯呆板地说。

我的小秘密

"安娜露丝想看……为什么你要管这个?"

妈妈非常激动,她一时找不到合适的话。埃尔维斯几乎听不清她在说什么。他想除了他,没人会向她展示这东西。

"为什么非得你去这样做?我在问。"

"我们是最好的朋友!"

"噢,你和安娜露丝·皮特松是最好的朋友?"

"对……"

"她也让你看女孩子怎么撒尿了?"

妈妈用怀疑的目光看着他。眼泪继续往下流。

埃尔维斯一时答不出来,他努力回忆过去的事情,他是否见过安娜露丝撒尿。

"我不知道,"他随后说,"我想可能,但我记不得了。"

"不记得,啊,这种事你不会忘记。"

但埃尔维斯还是忘记了,他没有回答,发生了这种事无论怎么解释也没用。

妈妈拿起手帕去擦眼泪。手帕太小了,于是,她又从家用手纸卷上撕了一大块。

"唉,我在想,我已经为你流了多少眼泪,埃尔维斯!"她边叹气边用纸去擦眼睛。

对,这是个问题。这是个值得他考虑的问题。他满怀兴趣地看着妈妈。

摊牌

"你曾经数过吗?"他好奇地问。

妈妈用力吸了口气,她把手纸从眼睛上拿开,他站在这里是想气我,还是在和我开玩笑?他是真不知道这种事,还是一点儿也不知道心疼她?

他们的目光相遇。她知道自己眼睛红肿,但他的眼睛却十分明亮。

"你流下的泪珠,可能和一个雪球里包括的雪花数目一样多。"他说着并对她微笑。

这个孩子,什么时候才能变得懂事起来!

最后一面

最后一面

这天晚上已经很晚了,当大家都已睡下时,电话铃响了。

姥姥打来电话说,姥爷的病情恶化,已经送进城里的医院。现在,虽然还没有生命危险,但情况相当严重。

每当妈妈哭泣时,埃尔维斯会感到害怕、难受。但这次她没有哭。她静静地放下话筒,坐回到床边。只是枯坐着,什么也不说。直到爸爸问起,才说出情况。姥爷的病情恶化了。

埃尔维斯无奈地等着哭声响起。爸爸尽力说些安慰的话。可能没什么危险,他说,姥爷去医院也好,有医生照顾着会好得快些。

我的小秋秋

"只要有生命，就有希望，"他还说。

妈妈对他说的话只是点点头。但不能确定她听到没有。埃尔维斯觉得她好像没听进去。

现在她说，大家都去上床睡觉。她给埃尔维斯掖了一下被子，并轻轻拍拍他。埃尔维斯也回应着拍了一下妈妈，她就走了。

"把门开点儿缝好吗？"埃尔维斯小心翼翼地问。

他睡在厨房里，而他们睡在卧室。

"当然可以。"妈妈说着，把厨房门和卧室门都半开着。

两间房中间有个小厅，但埃尔维斯躺在床上可以看到卧室里。爸爸已经睡下。妈妈也爬上自己的床。灯光熄灭了。三个人都静静地躺着。谁也不动，也不翻身。

埃尔维斯在想，他们在卧室睡着了没有。他自己却无法入睡。

"只要有生命就有希望。"爸爸说过。埃尔维斯在琢磨这句话的含义。他不明白。他反复地念叨着这句话，还是不得要领。这使他不安。他知道，这是一句安慰人的话。但现在它好像没起到应有的作用。而实际上，这几个字本身并没有什么意义。

为什么妈妈今晚没哭，这也令人奇怪。现在他觉得，如果她像平时一样放声大哭，反而更令人放心。他害怕她哭，但现在这样沉闷着更加难受，让人不知道接下来会发生什么事情。

最后一面

卧室里十分安静。他们一动不动地躺着,是在睡觉吗?

埃尔维斯也躺着不动,但他睡不着。

他不知道,他这样躺了多长时间。突然,卧室里簌簌作声,随后又听到轻轻的脚步声。

他看到妈妈悄悄地从厅里穿过,走进客厅。埃尔维斯本想跟过去,但又不敢。他从床上坐起来,从客厅的镜子里看到妈妈站在大立柜前面。她打开柜子,取出一个白色鞋盒,随后走了。埃尔维斯从镜子里看不见她在做什么。但听声音,她似乎坐在沙发上。他听到她划着一根火柴,随后,从镜子里映出微弱的火光。他知道妈妈点燃了茶几上的蜡烛。

她在做什么?他听不到里面有任何声响。

妈妈坐在那里,埃尔维斯更睡不着了。他很想去陪着妈妈。如果他过去,她可能不会感到孤独。或者她更想自己安静会儿?要是他知道现在该怎么办就好了。

他等了一会儿,他可以装作撒尿起来吗?

当然,他一边想着一边站起身来,从客厅旁悄悄地溜过去,他看见妈妈膝盖上放着一个盒子,她坐在那里,看着什么。离得太远,他看不清楚。她没听到埃尔维斯出来。

他走进厕所,在那里站了一会儿。他不想小便,但还是按下马桶。水"哗"地一声奔流而下。这时,妈妈听到了。当他走回来时,妈妈正好盖上盒盖。

她抬起头来,见埃尔维斯站在门旁边。

我的小秘密

"你还不睡觉,埃尔维斯?"

"是的,你也没睡呀?"

她只是摇摇头。他看到她脸上很湿润,显然她哭过了。她肯定是不出声地哭。妈妈经常放声大哭,这次却没有发出任何声响。

他真想跑过去,依偎在她身旁,或者爬到她膝上,拥抱着她,好好安慰她一下。但他不敢这样做。她可能会害臊,他自己也不好意思这样做。

"但是,姥爷不是好些了吗?"他这样说。

妈妈惊讶地看着埃尔维斯。

"什么?你说话了吗?"

"没,没说什么。"

"进去,再躺下,小埃尔维斯,去睡觉吧。"她说着吹灭蜡烛。

埃尔维斯回到厨房并爬回床上,他感觉胸口沉闷,身上疼痛,辗转难眠。

妈妈现在还是孤独一人,坐在黑暗中吗?

过了一会儿,埃尔维斯迷迷糊糊,不知道自己是否已经入睡,但他似乎看到妈妈从门口闪过,慢慢爬上她自己的床。

这几天日子过得很慢。妈妈每天都待在医院里。

每次,妈妈从医院回来,埃尔维斯都用询问的目光看着她。姥爷好些了吗?但她不说话,埃尔维斯也不敢问。

最后一面

奇怪的是，再没看到她哭泣。他知道没人在时，她在悄悄流泪，但没人听到或者看到。她可能太伤心了，不想再表露出来。

后来，有一天，埃尔维斯跟着去医院了。

妈妈说："埃尔维斯去，姥爷可能会高兴。"

"他说过吗？"埃尔维斯问。

妈妈没有立刻回答。她在手提包里摸索了一会儿。

"姥爷很疲劳，他不太说话。但我知道，他想见你，埃尔维斯！"妈妈说。

爸爸也跟着去了。他和埃尔维斯不会在医院停留太长时间，姥爷可能受不了。

埃尔维斯自己住过院。那次交通事故后，他在医院住了很长时间。但他从来没去医院探视过。他不知道医院有这么大。他住在那里时，从来没这样想过。现在，他被吓了一跳。长长的走廊，两边都是房间。有这么多、这么多人在生病？他觉得，探视病人比自己住院还可怕。

他们终于来到姥爷的病房外面。一个护士从里面出来说，姥爷快要醒了。但他们走进去时，他还在睡觉。他脸向上躺着，双眼紧闭，一动不动。埃尔维斯很难相信，这就是姥爷，他都认不出他来了。姥爷过去总是生气勃勃，他威严起来的时候有点儿让人害怕。现在却完全不同了，一点儿也不可怕。

我的小狱爷

最近一次，他见到姥爷是在他逃到爷爷家之前。姥爷还为他买了一个大冰激凌。随后，他们一起回家，姥爷打碎了路旁所有野花的脑袋，他手持拐杖，不停地挥来打去，弄得花朵纷飞。当时他哈哈大笑，兴致勃勃，面目可怕。

真令人难以相信，躺在这里的竟是同一个人。

爸爸一直拉着埃尔维斯的手。他们站在床腿旁边，离床很近。妈妈走向前，轻轻拍拍姥爷的脸，在他耳边小声说，埃尔维斯来了。

过了一会儿，姥爷睁开眼看着妈妈。他向埃尔维斯招手，让他向前靠靠。爸爸和埃尔维斯走向前。这时，姥爷看看埃尔维斯，又看看爸爸，接着又看看妈妈。他的眼睛睁得很大。

他想向妈妈说什么。但声音太小，什么也听不清。从眼睛里能看出他有很多话要说。妈妈努力猜测他想说什么。他似乎想要什么东西。妈妈用手指床前小桌上的不同物件，一个个地问。她彻底弄错了，姥爷疲倦地摇摇头。

"噢，是手表！"她最后说，"马上就三点半了。"

她把桌子上的手表递给姥爷。姥爷接过手表时，软弱无力的手在颤抖。他看了好长一会儿手表，然后双手垂落在被子上。

妈妈把手放在姥爷手上，轻轻按摩。她面向埃尔维斯点点头，姥爷把目光转向埃尔维斯，盯着他看了好一会儿。埃尔维斯也看着姥爷。

这时，爸爸说他和埃尔维斯应该走了，姥爷今天已经很

最后一面

累了,他们可以再找一天来。

埃尔维斯和爸爸走向门口。妈妈留下照看姥爷。她坐在床边的一张椅子上,向他们招招手。埃尔维斯看看她。她和在家里时一样,但动作与在家里——那么匆忙,老是小跑似的——完全不一样。现在,她动作轻柔。要是她以后在家里也这样,他就再也不与她吵架了。她轻轻抚摸着姥爷,向爸爸和埃尔维斯招了一下手。他们也招手告别。

埃尔维斯看看姥爷放在被子上的手,他一只手拿着手表,另一只手的拇指在轻轻拨动,好像要拨动手表的指针似的。这是埃尔维斯最后一次看到姥爷。房门慢慢关闭了。

晚上,当爸爸坐在厨房里看报时,埃尔维斯走进客厅。他走到大立柜前。那天夜里,姥姥打来电话说姥爷病重后,他看到妈妈曾经站在这里。埃尔维斯打开柜子,看见妈妈当时取出来并看过的白鞋盒子。埃尔维斯拿出盒子,坐到沙发上。他打开盒盖。

里面装满了相片。都是一些学校的照片、洗礼、坚信礼照片,妈妈还有她的侄女们的照片。

但最顶上,有一张单独放在信封里的照片。埃尔维斯知道,这就是妈妈那天夜里坐在这里看了半天的照片。

这是妈妈小时候的照片,可能最多3岁时照的。她坐在爸爸,也就是姥爷的膝盖上。旁边的桌子上放着一个插满鲜花的花瓶。

我的小狱爸

姥爷抱着妈妈。她向上看着姥爷,他低头看着她。他们都在微笑,都很高兴。可以看出,他们相亲相爱。

姥爷这样慈祥、这样可亲,他可从来不知道。这可不像那个对鲜花大开杀戒的人。尽管埃尔维斯知道,这就是他,他们是同一个人。

埃尔维斯仔细地看着照片。

姥爷那时还很年轻。但更像埃尔维斯在医院里看到的躺着的那个人,而不像他记忆中的他健康时的模样。照片上一点儿也没有那个令人害怕的影子。

尽管照片上的女孩子很小,他还是可以认出妈妈。有时,她的眼睛现在仍然是那个样子,他曾经看到过。是什么时候见的?妈妈的眼神什么时候就像她小时一样呢?他努力回想。

现在,他想起来了,是她感觉到他们喜欢她的时候,是爸爸和埃尔维斯表现出对她的爱的时候。当她关爱他们,当她表现出热爱埃尔维斯和爸爸的时候。当他们三个之间充满爱意的时候,她仍然会流露出当年坐在姥爷怀里的神情。

埃尔维斯就这样沉浸于照片之中,浮想联翩,结果,他都没注意到妈妈已经回来了。她正走进房间,看到埃尔维斯。她没有脱下外套,就坐在埃尔维斯身旁。她弯腰看着埃尔维斯,这时,他才发现。她弯腰从埃尔维斯肩膀上看着照片。她的脸在埃尔维斯头发上蹭着。

最后一面

"妈妈,你和姥爷看来都很可爱,你们那个时候多开心啊。"埃尔维斯说。

这话是真的,埃尔维斯看到这张照片,真的很高兴。

妈妈注意到,埃尔维斯说这句话是发自内心的,也淡然一笑。

她脸色苍白,身体疲倦,但现在,她的脸上稍稍有了点儿颜色。她说,这张照片是姥爷生日时拍的,当时他满30岁了。她大清早就来祝贺。那天,她很自豪,因为她自己端来了装满咖啡用具的托盘。桌子上的花瓶原来也在盘上。里面的鲜花是她早上刚采的。那些蓝钟花、牧师领和红蒂花,都是长在大路边上的。她清早迎着朝阳独自跑到大路边去采花。她记得,她去了很久,因为她要挑选最漂亮、最大的花朵送给姥爷。他看到鲜花时,也很高兴,她微笑着说。

她指着花瓶里的花,蓝钟花、牧师领和红蒂花。

"对对。"埃尔维斯也笑了。

此刻,他在想人的生活是怎么构筑的,同样的鲜花,他看到姥爷在……不,他不愿意再去想它。

生活中,真的有许多没法理解的事情,人们只能适应它。他深深地吸了一口气,向上看着妈妈的脸。

在她脸上,在她眼睛和嘴唇周围,有某种东西,或者说某种形态,是那么温柔、生动、美丽,就像照片上她小的时候坐在姥爷怀里时一样。

黑色的12

现在,妈妈整天在医院里陪着姥爷。家里空荡荡的。埃尔维斯放学后,不想立刻回家,直拖到爸爸回来时才回家吃饭。以前,他喜欢一个人在家,但现在家里弥漫着沉重、不安的气息。时间走得很慢,每天显得很长。

但是,安娜露丝和海尔佳今天在一起,没办法,埃尔维斯只好独自回家了。他拖着双腿,离家越近,走得越慢。他沉重地走上台阶,把钥匙慢慢插进锁孔,不情愿地打开大门。

他听到厨房似乎有人?

是妈妈回家来了!

太好了,姥爷肯定好些了!他看到妈妈,立刻高兴起

我的小狱窗

来。她手里拿着日历在看。她把它从墙上取了下来。对了，他一下提前撕掉了好多张，现在，可能已经到了正好的日期。现在，她不用再为这件事生气了。明天，她就可以像往常一样，撕下新的一页了。

"今天是3月12日，妈妈！"他说。

妈妈缓缓地把目光转向埃尔维斯。

"你怎么知道的？"她问。"你从哪里知道的？"

她一副魂不守舍的样子，声音奇怪而陌生，她的问话是什么意思？

"今天不是3月12日吗？"他问。

"对……"她用手摸一下前额，好像忘记了要说什么。她显得疲惫不堪。

"对，是3月12日，"她说，"就是这……"

她又忘记了正在说的话，她盯着日历。

"姥爷好些了吗？"埃尔维斯问。

她看着他，直盯盯地看着他。

"没有，他没有。"她说。

这时她的目光落在地板上，好像要寻找什么。

"没有，姥爷没有，他没有了，他……他走了。"

她说话吞吞吐吐，声调非常陌生。

埃尔维斯的心脏猛烈地跳动，有一瞬间，他几乎喘不

黑色的12

上气来。姥爷死了。这就是妈妈吃力地说出的话,尽管她没法把"死"这个字说出来。埃尔维斯从过去的经历中也知道这事。

她又拿起日历,盯着它看。

"我不明白,"她用陌生的语调说,"你直撕到这里,到3月12日就突然停了。为什么?为什么正好是今天?就像你……"

她又中断说话并沉默了。

"什么?妈妈,你说什么?"

他听不出自己的声音。妈妈可能不是那个意思,但她把他吓着了,她莫名其妙地看着他。

"今天姥爷走了,埃尔维斯,今天是3月12日。"她慢慢地说。

她从来没有用这种眼神看过他,她的目光不仅冰冷,而且充满了疑问。他也盯着她,他本来想闭上眼睛,却做不到。

"要是你撕掉所有日子,我会更理解一些,"妈妈说,"但怎么会变成这样……正好是今天,埃尔维斯?正好是今天!"

妈妈的眼睛在日历和他的身上逡巡。除了撕掉几张日历牌之外,他什么也没有干。但现在,他像吃了苍蝇一样恶

我的小秘密

心,似乎姥爷今天去世,是他的错,他的罪恶。

但事情不可能是这样的。不可能因为他撕掉了几张日历,他就成了杀死姥爷的罪人,这种事不会发生!

但是,如果妈妈非要这样认为呢?要是她真的这样想呢?这并不奇怪,要不然他怎么会有这种感觉?这种事经常发生,他必须坚决自卫,保护自己,决不能变成她以为的那种人,也不能让她有这种感觉。

他确实不喜欢姥爷。他曾经盼望他早日消失,但绝不会因为这个原因……

不,不,这不可能是他的罪业。

妈妈还在盯着他。没法看出她在想什么。她的眼睛既空洞又冷酷。

幸亏,这时爸爸回来了。他出去采购了。他把塑料袋放在厨房的桌子上,从这个看到那个。

"怎么了?"他从妈妈手里拿过日历,用手臂搂住她。

"你太累了!"爸爸说,"现在,你去躺下休息会儿,我和埃尔维斯去做饭。"

妈妈无力地靠在爸爸身上,跟着走进卧室。她一言不发地、顺从地躺倒在床上。爸爸又回到埃尔维斯身边。

"她快崩溃了,"他说,"这件事对她打击太大了。他们给她吃了片镇静剂,但我以为这对她没有什么好处。我们得为她分担点儿,你和我,埃尔维斯。"

黑色的12

埃尔维斯默默地点点头。爸爸把他也算上，这太好了。他很愿意为妈妈分担点儿。他要不要和爸爸说一下日历的事，也许妈妈已经说过了。算了，这不值得去说。妈妈刚刚吃过药，因此刚才有点儿奇怪。

爸爸把日历又挂回墙上，但没有说起这事。

"妈妈挺可怜的，"他说，"她对姥爷特别依赖。"

爸爸和埃尔维斯做好了晚饭。这些天来，他们已经习惯了。

"我们俩配合得很好，你和我，埃尔维斯！"爸爸说。确实，埃尔维斯也有这种感觉。

最近一段时间，埃尔维斯还注意到另外一件事：爸爸和爷爷有很多相似的地方。爸爸也像爷爷一样有能力使人冷静下来。

但半夜里，埃尔维斯惊醒过来。那个可怕的感觉又回来了。那次姥爷先是阻止他见到爸爸。之后，他又沿着大路用手杖打杀野花。当时，埃尔维斯怎么想的？他感觉如何？

"鲜花杀手，"他想。当时，他恨姥爷，可能也想过要他消失？

"为人最重要的是，要多想想别人的好处，多为别人祝福。"奶奶说过，这样大家都会变得好些。

如果照这样看，的确是埃尔维斯促使姥爷身体变坏了，

我的小秋签

因为他没有想到姥爷的好处，更没有为他祝福。

现在，说什么都为时已晚。

这天晚上，埃尔维斯难以入睡。他睡觉的沙发旁边的墙上挂着那本日历。在黑暗中，他看不到它，却可以感觉到它。黎明时分，他最先看到的是那个黑色的12。

早上，他在卫生间里待了很久。妈妈在厨房整理床铺、打扫卫生。埃尔维斯从卫生间出来，回到厨房，他看到日历上那个可怕的12依然存在，妈妈没有撕掉它。

他从学校回来时也是一样，12还在。第二天依然如此。妈妈把它忘记了，还是她有意保留它，来作为一个提醒？撕掉日历是她清扫工作的一部分，她一般不会忘记。爸爸从来不管这类事情，埃尔维斯更不管它。

一天天过去，一夜夜过去，日历还是没有变化。他做梦也是日历。12总跟着他。白天也是一样。埃尔维斯在学校里做算术时，老是碰到12。甚至随意打开书本时，也会一下翻到12页。

这一天晚上，当埃尔维斯和爸爸单独在厨房时，他忍不住问爸爸，是否到了撕掉12号这一张，使时间恢复正常的时候了。

"当然了。"爸爸肯定地说。

这时，埃尔维斯走过去撕掉12日和其他几页。现在，已经是3月16号了。

黑色的12

"有许多事情要考虑,"他说,"可能把它忘掉了。"

忘掉了!要是他知道,埃尔维斯这几天日日夜夜地没想别的,就想着这个日历,他可能就不会忘掉了。

要考虑的事情确实很多。妈妈每天都到城里采购,她带回大批黑色衣服,在门厅的镜子前试穿。她试来试去,弄得家里的椅子上、卧室里的床上到处都堆满了黑色衣服。

妈妈慢慢地恢复了原样。她又开始在电话里与斯万阿姨和其他朋友漫谈。她们谈论葬礼,她应该穿什么,她应该带短的还是长的黑纱。她谈论哪些人应该来参加葬礼,他们是应该吃午餐还是晚餐,或者事后只喝咖啡。还讨论是否会有许多鲜花,完事后怎么处理它们等。

但她不再谈论姥爷,好像这一切都与他无关。

埃尔维斯和爸爸不需要为她分担什么了。他们想做,但妈妈不让他们参与,她要自己承担所有事务。她说,他们只会碍事。妈妈变得与过去一模一样。她说来道去,但只字不提姥爷。

"她不再难过了?"埃尔维斯对爸爸小声说。

"当然难过,"爸爸小声回答说,"可能是为了不想念姥爷,不为他难过,她才这样大搞葬礼。"

原来如此。这样解释,埃尔维斯可以理解。当安娜露丝不想见他那会儿,他也曾找出种种事情来做,以便忘记

我的小秋爱

安娜露丝。关键是，总有事情要做，只要一有空闲，对安娜露丝的思念就会飞进脑海，这事他知道。妈妈现在可能就是这样。

可怜的妈妈，安娜露丝现在已经回来了，但姥爷却永远不会回来了。埃尔维斯很愿意为妈妈做些什么，但她不愿接受他的好意，这就很难了。

"不，埃尔维斯！我们很难帮忙，"爸爸说，"最好是让她如愿以偿吧！"

但也不能全都听她的。有一件事让埃尔维斯很生气。他不时地听到妈妈打电话询问阿姨们：到时候，"人们应该拿埃尔维斯怎么办？"

是哪些人们？为什么她不说我或者我们？这是第一。她们在讨论关于埃尔维斯参加还是不能参加葬礼的问题。但是，为什么妈妈问所有其他人，而不问他本人？这事不是涉及他本人吗？

大家意见不一。姥姥坚决反对埃尔维斯参加葬礼。妈妈看样子同意她的看法。阿姨们则一如既往地支持她的意见。她们也充分发挥各自的聪明才智：当然了，这完全没有必要！小孩参加葬礼没好处，他太小了，这对他打击太大了，等等，说法不一。

埃尔维斯听见了这些对话。他很少听到，有人这样议论自己。以前，他只听她们说过他"难办"、"无望"和他

黑色的12

"从来不听话"之类的话语。

现在,她们突然弄出些新东西,说他敏感,脆弱,经受不起打击,等等,这些话,过去没人说过。相反,那时候她们常说他没心肝,没感情。现在,他却一下变得感情丰富、异常敏感起来。

因为这件事,他了解到许多关于自己的新看法。有意思的是,他一下子变得与原来完全相反。但他感觉这些评论与原来的那些看法一样,都与实际相距甚远。

真实的情况是,妈妈对埃尔维斯也不怎么了解。正如爸爸所说,她主要是和阿姨们找点儿话说,有点儿事做,好不去想念姥爷。

埃尔维斯自己没有参加讨论。他想让其他人先说,看看会发生什么事情。埃尔维斯注意到这个办法很好。如果她们达成与他一致的看法,他就不用争了。否则难免一战。这时她们都说完了,也说累了。而他知道了她们的论点,再后发制人,自己的意见就可能比较容易通过了。

他当然要参加葬礼,他很久以前就做了决定。

"不,小朋友,为什么要这样,"妈妈说,"埃尔维斯,你太小了!"

"我一点儿也不小。"埃尔维斯坚定地说。

"但是,埃尔维斯!谁最清楚这一点,是你还是妈妈?"

我的小秋秋

"当然是我最清楚!"他确实这样认为。

"如果他自己想参加,"爸爸小心翼翼地说,"我觉得他也可以……"

"不,埃尔维斯应该置身事外,他不明白这些,他只会受到惊吓!"妈妈一点商量余地也不留。

爸爸立刻让步了。

"对,葬礼不是什么好玩的事,埃尔维斯,"他说,"你能不参加,应该高兴才是。"

但埃尔维斯也不肯让步。他参加葬礼,当然不是为"好玩",恰恰是不想"置身事外"。他想和大家在一起,同甘共苦,亲眼看到事情的发展。他不会受什么惊吓。他们不知道,他已经从头到尾进行过反复考虑,把他现在和过去听到的,包括他们认为他没听过的、不懂得的,都放在一起,进行了反复思考。他知道的,远比他们想象的要多。

不,他不会害怕,他们不用担心。

他坚定不移。妈妈不知所措。她表兄妹的孩子也待在家里,他们达成一致:小孩都不参加葬礼。

"没有任何人,像你这样坚决反对,埃尔维斯!"妈妈说。

"你怎么知道?"

"他们没人提起过,好埃尔维斯!"妈妈请求说。

但埃尔维斯毫不动摇。他已经决定要去。妈妈不知如

黑色的17

何是好。他这样顽固地坚持参加姥爷的葬礼，使她多少有些感动。她想，不管怎么说，埃尔维斯对姥爷还是有点儿感情的。如果真是这样，拒绝他参加就不太合适了。这一次让他去吧，妈妈让步了。

好了，埃尔维斯可以参加葬礼！

葬礼上的琴声

葬礼上的琴声

姥爷将被埋葬在他曾经担任教堂司仪的乡下教区。那里的所有人都认识他。这天，教堂里坐满了人。

姥爷的棺材放置在祭坛上，顶上放满鲜花，周围花圈环绕。埃尔维斯看到，花圈上的花绝大多数是康乃馨。

埃尔维斯坐在爷爷和奶奶中间。在他前面坐着爸爸和妈妈。棺材的另一侧，坐着姥姥和其他人，他们后面是妈妈的表亲等。大家都穿着黑色礼服，坐在椅子上，静静地等待着。

教堂前边，讲坛旁边，耶稣被钉在十字架上，样子非常

我的小秋爸

悲惨。架子上点燃了蜡烛。

妈妈一直在哭泣。她一看到棺材就开始哭,现在,姥姥也跟着哭起来。

这时,开始演奏钢琴,琴声悠扬奔放,非常动听。教堂的窗外雪花飘扬,白色的雪花飘过黑色树枝。三月雪、沉呼呼……各种想法,在埃尔维斯头脑里浮现。

妈妈共落下了多少泪水?

一个雪球里有多少雪花?

姥爷共得到了多少朵花?

埃尔维斯开始数花。琴声奔放,打断了他的思路,他只好重新计算。他发现,从他坐的位置只能数棺材一边的花朵,后来,他干脆放弃了。

姥姥的哭声低了,但眼泪继续往下流。她这样哭下去,脸上的化妆可怎么办?她戴着一个长面纱,而妈妈的面纱要短些。

姥爷躺在棺材里,上面放满了鲜花,好多是白色康乃馨,既漂亮,又名贵。

有一个花圈,插的是牧师领花。埃尔维斯看到,有些牧师领花被折断了。要是姥爷能够醒来,他会站起身子用拐杖打掉所有牧师领的脑袋。但现在不会了,因

葬礼上的琴声

为他死了,不会动了。牧师领花们也不必为自己的脑袋担心了。

现在,牧师来了,大家都站起来,开始唱歌。

奶奶会唱所有的歌词,妈妈也在试着唱,但还是忍不住地哭,爸爸只是动动嘴,姥姥也是这样。

埃尔维斯拉着爷爷的手,他们用力握一下对方的手。埃尔维斯想,幸亏躺在那里的不是爷爷。那时,埃尔维斯就不会来参加葬礼了,因为爷爷早就斩钉截铁地说过,不要为他搞葬礼。

"我活着的时候,你和我,我们在一起,这就够了。埃尔维斯!"他说。"我可不想要人们为我的葬礼跑来跑去的。"

埃尔维斯也不想这样。

姥爷作为教堂司仪,就是另一回事了。他参加过许多葬礼,他可能希望人们也来参加他的葬礼,爷爷认为。

妈妈已经哭了很长时间,还有姥姥,她们都挺可怜。但葬礼上的其他人们看来并不是很悲伤。钢琴演奏非常动听。埃尔维斯真希望自己有一双翅膀,能随着音乐飞舞,在教堂上空盘旋几圈。歌唱得也很美妙。

我的小秘密

葬礼的进程迅速。牧师讲话时间最长。他的头上下点着,先是对着这边连点三次,接着又对另一边点三次。随后抬头望着天花板。当人们唱歌时,他的眼睛一动不动地向上看。

但他向棺材里撒的不是黑土!他说是土,实际是沙子,埃尔维斯看到白色的洁净的沙子流进去。姥爷可能想要沙子,沙子不像泥土那么脏。他可能预订了沙子。姥爷很讲卫生,很干净,他可能更喜欢在棺材上盖上沙子,而不是泥土。

现在,大家都围着棺材走了一圈。爷爷拉着埃尔维斯的手。他们慢慢、慢慢地走着。埃尔维斯巧妙地、不为人注意地抢救了几朵牧师领花。他乘没人注意的时候,用指尖拈起花朵。爷爷立刻察觉了他的小动作。友善地,他帮助埃尔维斯把它们藏在了他的宽大的礼服下面。

奶奶把一小束花放在棺材前面。大家都在棺材前停留一下,黑压压的一群人静静地站着。

钢琴又开始演奏。

然后,葬礼结束了。

他在脑子里想象的要比实际发生的悲痛得多。

只有妈妈一直哭。离开教堂时,她还在哭。爸爸必须搀

葬礼上的琴声

扶着她。

事后,他们到姥姥家喝咖啡、吃点心和其他好东西。这时,她立刻恢复了原样。大家都这样,就像刚参加了一个普通的聚会。悲痛的时刻过去了。牧师和爸爸还谈起足球。

姥姥从卫生间出来,她脸上重新化了妆。她对妈妈说,她也该去打扮一下。

"对,我是需要收拾一下,"妈妈说,"我在教堂里时,不知是什么样子。我哭的时候一定很难看吧?"

"不,你一点儿也不难看,不过如果你现在再打扮一下,就显得更可爱了。"姥姥说。

随后,她拥抱并亲吻了一下妈妈。

大家举止随便,相互问候,谈些无聊话题。埃尔维斯对此没有兴趣。人群熙熙攘攘。谁也不再关心躺在外面的姥爷,他被人遗忘了。刚才大家还沉着脸,流着泪,现在却变成节日聚会,甚至有人故意纵声大笑。埃尔维斯急忙转过身子,有点儿像是妈妈在笑?听声音像,但他不敢肯定。

现在,他明白了,为什么爷爷说,不用为他的葬礼跑来跑去的了。

我的小狱客

如果真有什么可笑的事，妈妈笑一下，也没有什么。问题是根本没有什么可笑的，而且，这与刚才的痛苦极不协调。他实在理解不了，一个人为什么能这么快就高兴起来，埃尔维斯就做不到。

晚上，回到家里，妈妈既不哭也不笑。她非常伤心，非常严肃。

她在卫生间洗她的黑袜子。她把它们挂在绳子上晾着，水滴从袜子上落在她手上。她甩一下手上的水滴，转身走开。

埃尔维斯站在旁边看着她。

"妈妈！"他叫着，手里举着她小时候坐在姥爷腿上的照片。他从柜子里找出了它。现在，埃尔维斯想让她讲讲姥爷和她的故事。

"噢，小伙子！"

她拉着他，坐在沙发上，她点上桌上的蜡烛并开始讲。爸爸也来听妈妈的故事。她想起了许多小时候的事。她讲述的都是些日常小事。当她讲出来时，这些事情似乎罩上了某种光环。她也感觉到了，她还注意到，他们喜欢听这些往事。埃尔维斯感觉他从来没有真正理解姥爷。当妈妈小时候，姥爷对她很好。姥爷和妈妈，他们相亲相爱。

葬礼上的琴声

　　他们三个人在沙发上坐了很久。桌子上烛火明亮,蓝色花瓶里插着埃尔维斯从葬礼上捡来的白色牧师领花,它们在烛光下熠熠闪光。埃尔维斯依偎在妈妈身旁。

　　窗外,三月雪正在缓缓落下,埃尔维斯和爸爸还在听妈妈讲述她小时候的故事。

请当心我,朋友!

请当心我,朋友!

"你觉得我难看吗?"

"不……"

"那你觉得我可爱吗?"

这是星期天,姥爷葬礼后的第二天。妈妈站在门厅镜子前,戴着昨天她刚戴过的黑礼帽。埃尔维斯正要出门。玛格纽斯·林德刚打来电话,约他一会儿见面。但妈妈拦着他,埃尔维斯注意到,她不想让他走。她今天可能不愿意一个人留在家里。

他是不是应该在家陪着她?但他好长时间没见到玛格纽斯了。而妈妈又没有明确说要他留下来陪她。她对玛格纽斯很有好感,她在和斯万阿姨打电话时,还对玛格纽斯与埃尔

我的小狱密

维斯在一起感到自豪。但现在她还是想尽量留住他。

"埃尔维斯,你还没回答。你认为妈妈可爱吗?"

她自己应该知道。埃尔维斯扭扭捏捏,对这个问题不好意思回答,但同时又有点儿受宠若惊。妈妈真看重他的想法吗?她不是经常说他品位不高吗?

"埃尔维斯,你总可以回答一下!"

"可爱,不过我没太有品位……"埃尔维斯说着走向门口。

"噢,亲爱的小伙子!"

妈妈转身抓住埃尔维斯,她把他拉向自己,眼睛里充满泪水。她拥抱着埃尔维斯抽抽咽咽地说:"妈妈的小宝贝!我要和你在一起。现在姥爷不在了,我们再也不能吵架!答应妈妈,小埃尔维斯!答应妈妈!"

她哽咽着、乞求着,要他答应,要他许诺!但他不知道,妈妈要他许诺什么。他当然不想和她争吵,但是,以后他该怎么做?

"我也想和和平平的,"埃尔维斯说着,轻轻拍拍妈妈的头发。但妈妈带的面纱挡在中间。他的指甲刮了一下面纱。

"唉,我的面纱,当心点儿。"

她冷静下来,取下礼帽。面纱上可不能被刮个洞,对它的关心,使她忘记了眼泪。

请当心我，朋友！

"好在没什么事，"她看后轻松地说，"我要把它收起来，好下次再用。"

"下次？"

埃尔维斯心里顿时一惊。她是什么意思？还有人要死？

"不是，我们希望没有，"妈妈说，"但亲戚中有许多老人，这种事谁也保不住。"

"爷爷一点儿也不老！"埃尔维斯说。

房间里立刻一阵沉默。妈妈看着他，妈妈张张嘴想说什么，但又有些犹豫……

但她还是说了出来。

"他比可怜的姥爷年龄还要大一些。"她说着，吹掉面纱上的一粒灰尘。

埃尔维斯的身体变得冰凉，他有些绝望地走向门口。

"爷爷不想让人搞什么葬礼，你还是用不上这顶帽子！"

他说着，冲出门去。

玛格纽斯今天打电话时，埃尔维斯以为可能有新任务。但玛格纽斯说只是想见个面，聊聊天，他们过去一直没机会聊聊。

他们在街上见面后，玛格纽斯像上次一样，拦了一辆出租车。他们坐车来到玛格纽斯家。

现在，埃尔维斯在玛格纽斯的房间里，坐在一把深深的

我的小秘密

扶手椅上,面前放着一大缸子茶。他用双手小心翼翼地捧起缸子,喝了一口。同时,他从缸子上沿看了一下玛格纽斯。

尽管房间里有好几把座椅,玛格纽斯还是坐在写字台后面。打字机上放着一张白纸,玛格纽斯不时地在上面打下几行字。他打得很快,很用劲,打字时用力呼吸,有点儿气喘吁吁的。

玛格纽斯说,他只是记下一些零散的想法,以免过后忘记了。因此,埃尔维斯不必担心受到干扰。他很容易忘事,能记下谈过些什么,是件很好玩的事。

这时,玛格纽斯从打字机上抬起头来,看着埃尔维斯。

"你有点儿怕我,是不是?"他问。

不,他并不害怕,有什么可怕的?

"你应该感到害怕。"玛格纽斯沉思说。

埃尔维斯不回答。玛格纽斯严肃地看着他的眼睛,问埃尔维斯在想什么。

埃尔维斯并没有想什么特别的事情,他只是在想,玛格纽斯的话是什么意思。一时间,妈妈的身影在他脑中一闪。刚才她站在镜子前问她难看不,现在,玛格纽斯又问他是否害怕他。短短的一小会儿工夫,就有两个人突然关心起他对他们的看法来,这是怎么回事。玛格纽斯究竟想说什么?为什么埃尔维斯要害怕他呢?

这时,玛格纽斯又趴在打字机上打起字来。

请当心我，朋友！

埃尔维斯轻轻地放下茶杯，他把嘴凑到茶杯跟前吹起来，里面的茶水开始波动。

"我一直喜欢小孩，"玛格纽斯边打字边说，"这可能是因为，我从来没有当过孩子。我一生下来，就长大了。我感觉我的不足就在这里。"

埃尔维斯停止吹气。

"像耶稣一样？"埃尔维斯感兴趣地说。

"耶稣？"玛格纽斯停止打字。

"对，他很小，只是个婴儿，然后，一下子就变大了。"

"我可不是耶稣，"玛格纽斯急忙说，"恰恰相反。"

他停下来，点上一支香烟。他一边抽烟，一边用手抚摸键盘并沉思着。埃尔维斯说得不错，耶稣也没有童年。

"但他从来没有真实存在过，"玛格纽斯慢慢地说，"而我却不一样。"

他目光低垂。但他突然抬起明亮的眼睛，看着埃尔维斯。耶稣的童年引起了他的兴趣。他觉得人们从来不知道耶稣在想什么，感觉如何。耶稣总是说别人应该如何。他从来不说他自己是个什么样的人，他自己的情况如何如何。

"大家没法认识这样一个人。"玛格纽斯说。

"是没办法认识，"埃尔维斯又开始往缸子里吹气。他喜欢听玛格纽斯侃侃而谈。

我的小秋鸨

"我只是我自己，"玛格纽斯沉思着说，"我不是什么耶稣。"

他熄灭香烟，笑了。接着，他又不知想起什么可笑的事情，头向后一仰，爆发出一阵狂笑。

"有一段时间我曾经想要当罗宾汉，"他说，"但很不成功。"

"罗宾汉？谁是罗宾汉？"埃尔维斯说。

"罗宾汉是一个人物，"他对埃尔维斯介绍说，"罗宾汉很久以前活着，他认为可以通过劫富济贫做好事。"

"这不是挺好吗？"埃尔维斯说。

玛格纽斯又笑了。

"我不知道，我不相信，"他说。随后，他的脸色变得严肃起来，几乎有点儿严峻。他说："人们在欺骗自己，欺骗自己也欺骗别人，弄到最后也不知道是谁骗谁了。但不管怎么说，总是穷人倒霉。"

"真的？"

"当然了，对我们来说总有出路，好的出路，坏的出路，总会过得去。"

玛格纽斯低头在打字机上打字，不停地打。

埃尔维斯搅动一下茶水，喝了一大口。然后，他向后一仰，开始思考。时间一点点地过去了，他不知道玛格纽斯是否忘记了他在这里。这也没什么，他在这里感觉很安全。

请当心我，朋友！

玛格纽斯所说的事情，他并不全懂。但当他听玛格纽斯谈话时，脑子里总能产生一些新想法。他们可能想的并不是一回事，但却能相互理解，这很有意思。

这时，玛格纽斯从打字机上抬起头来，他没有看埃尔维斯，而是直视正前方，并用他动听的嗓音说："人们不能死，人们要生存，人们要活着……这对大家来说，肯定是最重要的事。"

埃尔维斯不敢有一丝毫移动。当他考虑这类大事时，是不能打扰的。

玛格纽斯站起身来，把双手放在埃尔维斯坐着的座椅扶手上。他弯腰向前，直视埃尔维斯的眼睛深处。

"你是个好人，是个聪明人，埃尔维斯！"他说，"我希望你过得好。"

"我也是，也希望你过得好！"埃尔维斯小声回答。

他嗓子突然一堵，他也不知道这是为什么。玛格纽斯没有移开他的目光。

"我们不是说我，我们是在说你，"他说，"我警告你，你太好了，因此，不能与我搅在一起。"

埃尔维斯不明白，玛格纽斯在说什么？他不想再和他见面了？

"你现在听我说，今天我心软，我可不经常这样。我利用了你，虽然我不想这样做，我可能还会再试，因为我

我的小秘密

会忘记自己。那时,你应该说不,埃尔维斯,你记住了!你要说不!"

玛格纽斯站起身来,他走回写字台后面。打开中间的抽屉。他找了一下,从里面拿出一个木偶娃娃。是很久以前妈妈送他的。她说她买来送他,是因为它有点像玛格纽斯。

"让我看看。"埃尔维斯急切地说。

真的,还真像玛格纽斯。高高的前额,明亮的蓝眼睛。木偶的眼神有点儿伤感,而嘴角却弯弯的在笑。

"对,确实像你。"埃尔维斯说着,把木偶送还玛格纽斯。

"是吗?我不知道。"他说。随后他把手伸进去,玩起木偶来。他模仿自己的腔调,样子很好玩,但语调很严肃。埃尔维斯知道,他想让木偶替他说话。

他让木偶敲打打字机键盘并说:"我不是好人,知道吗?"木偶摇摇头并继续说,"但是,我喜欢你,我希望你过得比我更好。因此,你得当心着我点儿,因为我是个坏人。"

埃尔维斯不知道,他应该笑还是应该哭。他无助地看着玛格纽斯的面孔。他看上去很严肃很聪明。他曾经在这张脸上看到善良,温和,当然也有严厉。他从来没有像在玛格纽斯这里感受到更多的安全,他还需要当心什么呢?

玛格纽斯在继续模仿他自己。

请当心我,朋友!

"我很快就打电话叫一辆出租车,陪你回家,"木偶说,"你走之前,我得再说一遍,你千万不能忘记,玛格纽斯·林德认为发生在一个人身上最可怕的事,就是他不存在了,他就完了。因此,你要对玛格纽斯·林德说不!"

随后,玛格纽斯打电话叫来出租车。但他没有像他说的那样,陪埃尔维斯回家。他改主意了,他让司机送埃尔维斯回家。埃尔维斯坐在车里,玛格纽斯支付了车费。当司机就要发动车时,他打开车门,把木偶娃娃扔进来,它落在埃尔维斯腿上。

"你带上它吧,送给你了,"他笑笑说,"它是个比玛格纽斯·林德更好的伙伴。"

玛格纽斯向埃尔维斯招招手,脸上露出灿烂的微笑,引人注目的微笑。

汽车开动了。

埃尔维斯拿起木偶,看着它。他用手拿着木偶,摸摸头,看看眼。他很喜欢这个木偶,却不想因此失去玛格纽斯·林德。不,永远不!

当出租汽车在他家外面停下时,妈妈正站在窗下。她看到埃尔维斯从车上下来。她的埃尔维斯竟然有这么富有的朋友,可以请他坐出租车!

"你的朋友对你很够哥们儿呀,埃尔维斯!"当她看到埃尔维斯走进大门时说,"你不会感到孤独了!"

我的小秘密

她用询问的眼光看着埃尔维斯,当高贵的人对他也这么大方时,他肯定有点儿与众不同的地方。

"小埃尔维斯,妈妈的小埃尔维斯。"她激动地说。

这时,她想起有一封他的信。

是图什腾来的信。

埃尔维斯打开信封,读信。图什腾计算好了。埃尔维斯的问题终于得到了答案。

他的雪球里共有6389片雪花。

六千……三百……八十九片!

Att vara Elvis © Maria Gripe 1977
First Published by Bonnier Carlsen, Stockholm, Sweden
Published in Simplified Chinese characters by arrangement with Bonnier Group Agency, Stockholm, Sweden

图书在版编目（CIP）数据

我的小秘密 /（瑞典）格里佩（Gripe, M.）著；高锋译.
— 北京：中央编译出版社, 2012.8
（埃尔维斯成长系列）
ISBN 978-7-5117-1472-5

Ⅰ. ①我⋯
Ⅱ. ①格⋯ ②高⋯
Ⅲ. ①儿童文学 – 长篇小说 – 瑞典 – 现代
Ⅳ. ①I532.84

中国版本图书馆 CIP 数据核字 (2012) 第 174917 号

我的小秘密

策划编辑	谭　洁
责任编辑	杜永明
插　　画	周卓浩
责任印制	尹　珺
出版发行	中央编译出版社
地　　址	北京西城区车公庄大街乙 5 号鸿儒大厦 B 座（100044）
电　　话	（010）52612345（总编室）　（010）52612340（编辑室）
	（010）66161011（团购部）　（010）52612332（网络销售）
	（010）66130345（发行部）　（010）66509618（读者服务部）
网　　址	www.cctphome.com
经　　销	全国新华书店
印　　刷	北京瑞哲印刷厂
开　　本	880 毫米 × 1230 毫米　1/32
字　　数	110 千字
印　　张	6
印　　数	5000 册
版　　次	2012 年 8 月第 1 版第 1 次印刷
定　　价	19.00 元

凡有印装质量问题，本社负责调换，电话：（010）66509618